U0017834

看雲門讀經典 1

舞動白蛇傳

蔣勳 著

〈序〉憧憬與悸動

每隔一陣子總有人問我，為什麼我常以傳統文化作為當代舞蹈創作的題材。

這樣的問題使我詫異。

在文化自信充沛的國家，傳統是當代的一部分。在英美，希臘悲劇、莎士比亞戲劇在每個時代不斷地被重新詮釋，這是一種自然。沒有人會覺得是一個問題。

傳統文化，不管是民間故事、文學經典或書法美學，都是我的眷戀。

童年時代，白娘子透過漫畫、「七百字故事」、各種戲曲和電影，成為一位可親的女子。同樣的，我覺得寶玉、黛玉、寶釵、熙鳳都是我的朋友，我也在某些朋友中找到他們的影子。而在江邊散髮苦吟的屈原，對我而言始終是個謎樣的人物。我的好奇最後逼著我要去把雲中君、湘夫人這些《九歌》中的人物搬上舞台。

傳統文化是生活的一部分，像空氣和水。某種感動沉澱下來，就會呼喚著成為一個作品。

我的西方朋友有時也問我，為什麼我對他們的文化有相當的瞭解，可以跟他們交談討論，而他們對東方，或中國文化卻所知甚少。

百年來政治經濟「西風壓東風」的局勢，造成我們嚮往西方，漠視自己文化的情形。我對那外國朋友說，向西方學習也許是一種「不得不」。

有一天我說，京劇的《伐子都》很像莎士比亞的《馬克白》。跟我一

起去看戲的友人笑著糾正我：應該說《馬克白》很像《伐子都》吧。

我很慚愧。我的確是先讀了《馬克白》，再遇到《伐子都》。

作為一個華人，中華文化不一定就在自己身上。傳統文化需要深入學習，像我們認真去學英文。

人人努力學英文，我們不知不覺捨近求遠，放棄了血緣的文化。這是慘烈的損失。

在好萊塢電影主掌全球通俗文化，網路無遠弗屆的時代，西方商業文化往往成為許多人全部的「精神食糧」。於是，許多孩子是從狄斯奈卡通認識花木蘭。

全球化不應該是自我放棄。傳統涵括了民族的敏感和智慧。前人對生命的想像，如何豐富我們的想像，進而用當代的眼光重新詮釋古老的素材，豐富今天的文化，才是正確的課題吧。

懷著這樣的思考，我不知不覺編了一些「古話新說」的舞蹈，讓新世代的觀眾從雲門的舞台認識了白娘子、賈寶玉和雲中君。

從書法美學發展出來的舞作《行草》首演後，我收到不少觀眾信函，說看了舞以後，他們重新體認書法之美，而重拾毛筆。這是對我一生最具鼓勵性的舞評。

謝謝蔣勳先生和遠流出版社，用深入淺出、活潑生動的方法追索我舞作的根源，讓更多的讀者像當年讀「七百字故事」的我，對傳統文化產生興趣，生命因此壯闊，使我常對著繁星的夜空憧憬，悸動。

林懷民

雲門舞集創辦人

白蛇故事

緣起

不知道為什麼是「蛇」？可以是《青蛙王子》中受魔法詛咒的「青蛙」，或是像《天鵝湖》中的公主，被法術封鎖在天鵝的軀體裡。

蛇好像比青蛙或天鵝可怕得多，呼喚起我們身體裡自己不敢面對的部分。

你看到蛇的圖片時會不自覺地轉過頭避開視線嗎？

一條白色的蛇。小小圓圓的眼睛，尖尖的口吻。常常昂起頭，一動不動，好像凝視著什麼。

蛇是這麼安靜的動物。牠對一點點空氣中的躁動，都會有反應。有一片枯葉掉落下來，在風裡簌簌響。蛇被驚動了，轉動口吻，眼睛凝視風來的方向。

牠定定地看著空中，枯葉已經墜落。牠看著空無一物的遠方；牠看看風，看風在旋轉，風在慢慢流動。

牠想像自己也是風，身體便蜷曲流動起來。

有些地方的人把「蛇」叫做「長虫」。「風」這個漢字裡也有

「虫」。風是一種虫嗎？

牠像一縷風一樣，穿過佈滿枯葉乾草的森林。像一道細細的水流，無聲無息滲透消逝在沙地上。

最靈敏的心，最機警的眼睛，才會發現白蛇的蹤跡。

這條蛇，牠是白色的。像月光一樣白，像冬天的雪，像初春細雨裡梨花的花蕊。

曾經有人在月圓皎潔的夜晚，看見白蛇一閃，從湖邊的水波隱入草叢。

是剛入夏的六月，茉莉開成一片，空氣裡都是濃郁的花香。

因為花的香氣，那個人睡不著覺。走到湖邊散步閒逛，看湖水上的月光一波一波湧起來。

他覺得走進一個奇幻的世界，花香和月光像是魔咒，像是催眠的藥劑，滲透進他全身的皮膚、毛細孔裡，他來不及驚叫，那條白蛇忽然回轉口吻，定定地看著他。

他嚇住了，一動也不動。從來沒有看過這樣的白色，像透明的玉，這麼寒冷，好像使入夏的鬱熱裡也可以飄雪。

他也忘不掉那一雙眼睛，定定地看了他一下，好像掃描了他的一生，瞬即消逝了。

他清醒過來，什麼都不見了。

好像剎那間，恍恍惚惚，看到了自己的來世。

「我的來世會是一條蛇嗎？」他沉思著：「或者，蛇是我的前生？」

那蛇的眼神，再也沒有消失過。那蛇的眼神一直停留在空中，無所不在。

那條蛇也記住了那張年輕的男子的臉。記住他月光下有些蒼白的額頭，記住他斜伸向兩鬢的黑黑的眉毛，記住他直挺挺的鼻樑，鼻樑兩側黑白分明的眼睛，有點驚慌、有點好奇的眼睛，「定定地看著我！」白蛇這樣想，好像被什麼東西觸動了，心腹深處有一點點的痛。

白蛇也記得那男子微微張開的嘴，很豐潤的嘴唇，像淺粉紅色的珊瑚，像秋天芙蓉的紅艷，那麼醒目，使人眼睛一亮。

白蛇的記憶使心腹深處一直微微痛著，好像一根刺扎在那裡，沒有拔去。白蛇第一次有了性別的意識，她覺得自己是一名素妝的

少女，在月光下的湖邊徜徉，而那年輕男子偶然走過，看到了她，停下來，呆呆地望著，他們好像在彼此的相視凝望裡許諾了什麼，許諾共同修行一段故事。

修行

常常是因為心腹裡的「痛」，生命才開始修行吧。

白蛇懷抱著所有的記憶蜷縮在湖邊一處隱祕的洞窟裡，好久好久，一個季節接著一個季節。夏天過完了，秋天到處落葉，接著，冬天又來了。洞窟外面飄飛著大雪，她覺得身體裡的記憶和血液一起凍結成冰了。血液無法流動，記憶也無法流動。

凝凍的記憶像一塊牢固的冰磚，敲不開，打不碎，需要溫暖的身體來熔化，「溫暖的身體！」白蛇嘴角微微抽動，透露著一點點不容易發覺的感傷。

「我需要一個溫暖的身體！」白蛇這樣想。她思想一個溫暖身體的時候，左邊眼角流下一滴淚來，但瞬間也凝結成了冰凍的淚花。

湖邊的居民都知道，冬天是蛇睡眠的時候。所有的蛇都蜷曲著，

一動不動，度過寒冷的冬天。

他們不太清楚，這是因為蛇在修行。每一條蛇懷抱著一個偶然的記憶，懷抱著記憶在身體裡微微的痛，努力修行。這個「痛」，像一個胎兒，蜷曲在母體裡，有可以覺察的胎動。母親越是安靜不動，越是感覺到胎兒在心跳、呼吸，在試著伸展四肢，在哭，或在笑⋯⋯

修行就是非常漫長而艱難的等待罷！

修行也就是很專一認真地去等待心腹中的「痛」孕育成一個胎兒，孕育成一個新的生命，新的心願的完成。

白蛇的艱難修行是那一張年輕男子的臉，是他定定的眼神，是那註定來世要再彼此相認的篤定表情。

所以，冬天是等待的季節，冬天是把心願藏在心裡的季節，像一枚種子，在硬硬的殼裡藏著一點點等待發芽的胚胎，那個胚胎叫做「仁」，是杏仁的「仁」，瓜子仁的「仁」，那是發生生命的部分。

白蛇的心腹中有了「仁」。她有記憶，有眷戀，有懷念，有憐愛，有憂傷，有嚮往，有期待，有至死不悔的堅持。她，開始修行了。

有關白蛇修行的方法，有許多不同的傳說，但都有些荒誕不經。

基本上，蛇的修行，或每一種生命的修行，其實都非常神祕，不那麼容易讓別人知道。

修行一定是極其孤獨的！太喧囂熱鬧，都不會領悟修行的意義。

有人說白蛇修行了五百年！

「五百年！」多麼漫長的歲月啊！高山崩塌了多少次？大海枯乾了多少次？大地翻覆了多少次？朝代興亡了多少次？夫妻親人聚散了多少次？肉體形成和毀滅了多少次？

白蛇在一切的形成及毀滅中堅持一動不動地修行。

她看到高山崩塌了，知道高山只是幻象；看到大海枯乾了，知道大海也是幻象。她看到自己的肉身，通過一次又一次蛻換的變化，她知道連自己的肉身也只是幻象。

「但是，那心中微微的『痛』呢？」她從長久的睡眠中睜開眼睛，看到那一張年輕男子的臉，眉目分明，好像一彎新月，好像秋天初綻的芙蓉，對著她微笑。

她也笑了起來。

她發現自己有了柔軟的兩腮，尖銳的齒牙也不見了，口吻向前突起，變成一條小巧精緻的鼻樑，鼻樑下有紅潤的嘴唇，吐出溫暖的氣息，在空中停成一縷白色的煙。

五百年，很漫長的一次修行，她開始找到自己的女子美麗肉身。

我的母親一直相信，白蛇最後有更艱難的修行。

「她必須修行成一名美麗的女子！」母親說。

所以白蛇決定擷取所有花的香氣來完成最後的修行。

她穿行過大片的茉莉花叢，五月的茉莉散發著濃郁的香氣。她深深地吸一口花的氣味，讓花的氣味變成一縷細細的線，從鼻孔和口腔吸入，經過長長的咽喉、前胸，停留在下腹部，人類叫做「丹田」的部位。花香在丹田湧動，形成一股氣海。

她慢慢感覺到花的氣味，不只通過口腔鼻孔，也逐漸由全身的皮膚滲透進自己的肉體。因為花香，她的肌肉變得更滑潤，鱗片變得更精緻，更白，更晶瑩，已經完全像少女的皮膚了。她還拖著後面的一條細長的尾巴，也因為花的香氣的湧動，不斷在風中搖擺，像是行走時女子長長的裙帶飄飛在空中。

她凝視一朵一朵的花，每一朵花經過她的嗅聞，就枯萎凋落了，

花把生命都給了她。

她有些憂傷，看到美麗的青春凋零消滅時的憂傷。

她知道，花的生命延長著她的美麗。她不會衰老，不會死亡，因為每一朵凋零的花都把自己短短的生命獻給她，她藉著每一朵死去的花延長著生命。

她把褪下來的透明的蛇皮一一懸掛在枯萎的花上，好像紀念死去的肉體，也紀念一次又一次的重生復活。

湖邊的居民在花叢裡發現了蛇皮，那些蛇皮像珍珠一樣潔白瑩潤。

「湖邊有了蛇精！」人們四處傳告。

有人夜晚走路就刻意避開湖邊的小徑，避開那條兩邊滿滿都是茉莉花的小路。

「太香的花總是招蛇蠍的！」也有人這樣說。

他們習慣迴避太過美麗的事物，就像他們一般都相信，太美的女子會招來災禍。美好像變成一種懲罰。

白蛇並不在意這些流言。她一心一意惦記著那一張年輕男子美麗

的五官，她一心一意要修行成一名美麗的女子，如花一般的美麗。

她在秋天的時候，離開茉莉花叢，遊向較高的山坡，山坡上一株一株年久的桂花樹，盛放著桂花。

她昂起鼻尖，輕輕吸嗅著。桂花的香氣比茉莉花更細，像一根最輕柔的蠶絲，在她體內纏繞。

她抬頭看到月光下一粒一粒盛開在梢頭上的桂花。桂花很小，比米粒還小，散散落落，綻放在最高的梢頭。

傳說月亮裡也有一棵桂花樹，有一個叫吳剛的男子，拿了一把斧頭，一直在砍伐桂樹，但是桂樹砍了又長，砍了又長，永遠砍不完。

「月亮裡的桂花也有這麼香嗎？」

她無端想起天空中帶著桂花香味的月光，一片一片，像清淺沙渚邊的水，在她的身體裡盪漾。她漂浮起來，在有桂花香氣的月光之河裡漂浮起來，她昂起頭，慢慢泅泳，擺動細細的腰肢，擺動肩膀，肩膀越動越強烈，好像伸展出了兩條手臂，像划船人的槳，輕輕撥動水，身體就借勢向前，像一支箭。她有一點驚訝，也有一點害怕，對自己新形成的肉體，不知道是不是真的。她再

試一試，手划動了，腰肢擺動，腰胯下也伸展出了腿，長的腿，一直到足踝，到足趾。她輕輕踢水，水紋盪漾開來，她開心極了，在一片桂花的月光中輕輕笑了起來。她的笑聲一圈一圈盪開，變成像水紋一樣的漣漪。

那個夜晚，她意識到五百年過去了，很漫長的一個修行。

有人說，在那個冬天快過完的一個月圓的晚上，看到一條白蛇纏在梅花的枝頭上。她昂起頭，一動也不動，雙眼凝視著遠遠的月亮。她一呼一吸，把月光皎潔的白色吸入到身體裡去。她靜定不動的鼻吻有著憂愁又嚴肅的表情，像一個滿懷心事的少女。

月光很冰涼，吸入的月光，使她澈骨寒冷，她的血液全部凍結成了霜，很薄很透明的霜。

她覺得那一縷一縷的月光，竄進身體的每一個最細小的空間，使身體一一瓦解。好像水的分子都在改變成冰。她的身體通體瑩潔如玉了，單純素色的白，她一動不動，看到大片大片的梅花在風中飄散，看到雪，大片大片在風中旋轉，她看到最後一點綠色消失了，湖水也變成一片白，看到遠遠湖面上跨著一道橋，像一條線，好像連接著，又好像是斷了，她好像看到自己變成一名女子，姍姍走上橋去，等待著什麼。

堅硬的厚冰彼此撞擊，冰塊崩裂，發出喀吱喀吱的聲音，水從冰隙間湧起來，把冰浮盪著，四處漂流。她忽然聽到遠遠湖邊堤岸上的一株桃花，好像忍不住叫了一聲，梢頭上朝向東方最高梢頭上的一朵花苞，「啵」一聲，花苞綻開了。

花開了，五百年後第一朵花。她發現，凝結在自己左邊眼角的一滴淚水，流了下來，她舉起手，輕輕擦拭，碰到飛揚起來的頭髮，她在剛剛升起的初日裡看到自己全新的身體——一名美麗女子的身體。她走了兩步，看到一條蛇的影子跟隨在旁邊，她再走兩步，蛇的影子也向前滑動兩下。

五百年過去了，她修行成了肉身，但蛇的影子會一直跟隨著她。

她在想，五百年過去了，那一張年輕男子的臉，到哪裡尋找呢？他還存在嗎？他衰老了嗎？或者，他已被蟲蟻蛀蝕，化為塵土渣滓了？

她心裡微微痛了起來，五百年的心事，她要走到人間，去尋找宿命中的男子。

白素貞

白蛇修行成女子了，她為自己取了一個人世間的名字：「白素貞」。

我很小的時候，聽母親講《白蛇傳》，聽到白素貞三個字，眼前好像就有一個女人站在那裡。

一個女人，一身素白的衣服，高躰修長的身材，尖尖的下巴，高高的額頭，兩隻不大但黑白分明水靈靈的眼睛，有一點冷，有一點憂鬱，非常沉默，彷彿是透明的，四周都是月光，她就融化在月光裡，像一片影子。

白素貞三個字是視覺上可以看得到的：「白」是色彩；「素」是潔淨，是沒有染色以前的絲，是樸素，也是一切生命最謙遜內斂的狀態；「貞」是堅貞，是至死不悔的執著，是義無反顧的真摯，是不可動搖的意志。

她好像不能再有別的名字了。

白素貞，她以五百年修行成功的生命，要以如此潔淨一塵不染的品格走向人間。

她的本質是蛇，是冷傲的蛇，孤獨的蛇，容易被驚動的蛇。

〈白蛇故事〉

她緩緩走向繁華人間的時候，正是春天，乍暖還寒，一道一道陽光照亮一條一條翠綠的柳絲。許多遊人會在這個季節到湖邊遊玩，她稍稍有一點畏懼，回頭看了看一身青衫的青蛇，忽然想起她也應該有個名字了，便自然脫口叫了一聲：「小青！」小青便從後面姍姍而來。

西湖

《白蛇傳》的故事可能在民間流傳了很久。有點像吃完晚飯,夏天的夜裡,母親手拿一把扇子乘涼,小孩子們圍坐在四周,母親口中有一搭沒一搭地說著《白蛇傳》。

「白素貞和小青,走啊走的,就走到了西湖邊。」

「火燒厝啊──」

忽然,聽到巷子外面有人大叫,母親急忙跳起來,跑出去看。

「哪一家失火了啊?」街坊鄰居都聚在一起,彼此探詢。

後來發現是巷尾阿婆熬綠豆湯,忘了熄火,熬到焦黑,屋裡都是濃煙。阿婆嗆得咳嗽流眼淚,跟大家說:「對不起!對不起!驚擾大家了──」

母親重新回來,走到玉蘭花樹下,看了一回含苞的玉蘭花,跟我說:「等會兒拿剪子來,要趁沒開之前採下來,香氣才濃。太陽出來,花一全開,香氣就都散了。」

我心裡想著白素貞和小青到西湖做什麼?旁邊一群小孩圍著,跟我一樣,張著口,好像等母鳥餵食的小鳥,他們等待的,不是吃

的食物，是母親講了一半沒講完的故事。

母親描述下的西湖很美。湖上盪漾著春天明亮的陽光，陽光隨著靜靜的水波，一片一片，好像撒在水中的金箔，金箔在流動，帶著倒映在水面上的山的倒影，房子的倒影，人的倒影。

倒影裡有一位年輕男子，穿一襲青衫，身上揹一把雨傘，高高蒼白的額頭，兩道稜角分明斜插入兩鬢的眉毛，高高直挺的鼻樑，像芙蓉花一樣飽滿粉色的嘴唇。他呆呆看著水裡的倒影，眼睛裡閃著初春陽光裡金色的細線，整個人好像在湖水裡洸漾。

他聽到黃鶯兒輕輕的叫聲，回頭去看，看不到黃鶯兒，只見一片一片像浪一樣在風裡翻拂的柳條，青青翠翠，使人眼睛都亮了起來。

他沿著湖邊一直走，看低矮的山丘起起伏伏，好像在跟湖裡同樣起伏的山的倒影在說話，像一對親兄弟，地面上的山，水裡的山，彼此交談，有時說到開心處，呵呵一笑，湖裡蹦出一條魚，竄出湖面一兩公尺高，好像把平靜的湖面攪亂了，盪起一圈一圈的漣漪。

「這個年輕男人叫許仙，父母都早死了，跟著哥哥嫂嫂過日子。」母親說。

「他為什麼也到西湖來了？」隔壁的阿仔最愛問問題。

母親把新採下來的玉蘭花苞用別針別在衣襟上。

「為什麼也在西湖啊——」母親回答阿仔說：「許仙的哥哥嫂嫂在杭州城裡開了一個小小的藥鋪，生意做得不好，沒什麼人來買藥，許仙沒事，看看春天花都開了，就出了城，走啊走的，就走到了西湖。」

臨出門的時候，哥哥叮嚀他帶把傘，春天的西湖，一會兒晴一會雨的。

「別看日頭高高，大晴天，說風就是風，說雨就是雨！」哥哥說。

許仙聽話，從小跟著哥哥過日子，很順從，就拿了一把紙傘，用帶子斜揹在背上。

因為無事，出來閒逛，許仙走得很慢。

他看看新發的柳條，聽聽黃鶯兒的叫聲，徘徊在湖水清澈處，看山色倒影，看魚兒跳出水面，盪開的一圈一圈水波。

「西湖是可以讓人走得很慢很慢的地方。」母親若有所思地說。

走得很慢，是因為心裡沒有急迫的事要做；走得很慢，是因為沒有一定的目的地要去；走得很慢，是因為路程中有許多東西可以瀏覽，可以聆聽。

許仙甚至走到堤邊，聽到春水輕輕拍著堤岸的聲音，非常安靜的聲音，使他覺得好像聽到了自己心裡的聲音，一些速度均勻的血流在心臟的空穴裡，覺得整個心被漲滿了，一種飽滿和空虛交替的感受。

許仙走上堤岸，長長的堤岸，有一個一個圓形的橋洞，堤岸兩邊的水在橋洞下迴流，也有許多魚，躲在橋洞下水草密聚的陰涼處唼喋。

許仙掐了一片柳葉揉碎，擲在水面上，魚立刻浮上來，以為是食物，叼著碎葉旋轉。

他在水裡的倒影中看著看著，恍惚間好像看到一對眼睛定定凝視著他，一雙圓圓亮亮的眼睛，一雙蛇的眼睛。

蛇，他心中一陣寒噤，好像忽然想起許多許多年以前，不，不是許多年以前，是好幾世以前，他在什麼地方，看到月光下一條白蛇，從面前游過。他們都驚動了對方，彼此停下來，靜靜對望了一刻。

他心裡浮起那一刻靜止不動的畫面，覺得心裡有什麼東西梗塞著，是一個硬化了的記憶嗎？堵在心口，好像是痛，又好像是幸福。像是要遺忘的東西，又像是剛剛才記憶起來。

他覺得頭臉上有一點點溼，抬頭看，細細的雨絲飄落，在初春的陽光裡變成千千萬萬的發亮的碎點，起風了，水面的波紋盪漾起來，有幾艘小船張開了遮雨的船篷。

遊湖・借傘

白素貞和小青到了西湖，對白素貞而言，西湖是她宿命的地方，她看著那一片風景發呆。

她當然記得五百年來那些茉莉花叢，那些夏季開到爛漫的一片一片的荷花，那些秋天在空氣中散放香氣的桂花，那些冬天的雪，覆蓋著堤岸和橋，覆蓋著湖邊的丘陵，房舍，一切都變成白色。

她記得好幾百年裡一次又一次的月圓，在三個突出水面的石罈之間，倒映出一圈一圈像月亮一樣的燈光的倒影，人們叫做「三罈印月」，人們在月圓的晚上來到這裡，看水裡真真假假的月亮，變成一片迷離的光，錯錯落落，疊印著這一生和前生的記憶，分不出來此生和來世了。

她也記得春天堤岸上的桃紅柳綠。一株一株在清晨破曉時分一一綻放的桃花，好像代替啼叫的公雞，把黎明叫回來了。

她若有所思，緩緩走上堤岸，她在堤岸上看到了一個男子，一個呆呆望著水面自己倒影的男子。

男子好像說了一個字：「蛇！」

白素貞恍惚也看到了五百年前那年輕男子的五官，那麼清晰，從

來沒有消失過，她一剎那淚如雨下了。

據說，修行過的蛇，其實很像「龍」。在民間「龍」與「蛇」是不太分的。「龍」「蛇」都主管雨水，因此民間祭拜的龍王爺，總是在祈雨時被請出來。民間也知道，要下雨前，先得有雲，因此也會說「雲從龍」。

白素貞的淚如雨下，恰是春天西湖乍晴乍雨的開始罷。

老百姓不太知道為什麼春天的西湖這麼多雨，而且，總是透亮的陽光，霎時間一片雲來，即刻下了雨。

忽晴忽雨，好像是西湖春天的心事，也是白素貞的心事。她彷彿知道修行五百年，一心一意，只是為了取得女身，而這女身要來人間，經歷愛恨生死，要經歷相遇的幸福與分散的哀傷，她的修行到此刻，忽然悲欣交集了。

白蛇心中莫名的酸楚，使西湖的春天憂愁了起來。湖水凝聚了一重霧氣，霧氣越來越濃，遠遠近近，山色都籠罩在煙裡了。

「要下雨了！」有些遊人看看天色，便匆匆趕路回家去了。

許仙好像被記憶裡的蛇的凝視施了魔法，他有點失神，覺得被透明的月光包圍著，怎麼走都走不出去，怎麼走，都是那一雙定定

看著他的圓圓的蛇的眼睛。

等他轉過身，在堤岸邊，他看到了細雨迷濛，那一雙眼睛也看著他。

細細的雨紛飛散落，他們兩個人的頭髮、臉上都沾了雨絲。

「西湖是他們兩個人註定要相認的地方。」母親感慨地說。

那時候我年紀小，其實聽不懂母親說這句話的意思。

母親去世以後，我去了一次西湖，站在堤岸上，看雲來雲去，看水中倒影，看爛漫桃花隨水流去，忽然懂了，原來有一天，我也會與已經逝世的母親再次相認，天空就飄起了細細的雨絲。

許仙回過神來，用手抹去了自己臉上的雨水，才看清楚堤岸的柳樹下立著一對女子。一名全身素白衣裳，一名全身翠綠，也都淋溼了，沒有地方可以遮蔽。

許仙忽然想起自己揹著傘，即刻取了下來，走了幾步，把傘遞上去。

「娘子，這裡有傘！」

「官人！」

白素貞轉身，一臉都是雨，素白素白的一張臉，眼裡泛著光，輕輕屈身向許仙施了一禮。

小青便接過傘，張開，把傘舉在白素貞的頭頂。

許仙靦腆，不知說什麼好，就急急要走。

「官人慢走！」

白素貞在後面呼喚一聲，許仙便止了步。小青上前致謝，並說：「娘子要我問一聲，官人尊姓大名，家住在何處，日後好把傘送還。」

許仙留下了杭州城哥哥藥鋪的字號，在細雨中匆匆告辭走了。

記得小時候在廟口看野台戲的《白蛇傳》，白蛇和青蛇在舞台上跑圓場。在鑼鼓喧天的節奏裡，兩人一前一後，一白一青，越跑越快，身上的裙帶都飄了起來，但裙子裡的腿，好像沒有動。真的像是船行江上，小青撐著槳，白素貞站在船頭，看著湖光山色，滿心歡喜。

她終於在五百年後來到西湖，實踐心裡的願望。

她聽到雨聲咚咚打在油紙的雨傘上，好像心跳的聲音，小青知道她的心事，一旁望著她。白素貞回望小青一眼，靦腆一笑，她也

伸手握著傘柄，覺得那傘柄上有年輕男子握過留下的體溫，她心中一動，兩腮都紅了，低低在心裡唸了一次：「許仙」

許仙

許仙，也有些《白蛇傳》的版本，寫做「許宣」。

《白蛇傳》原來是街頭巷尾大人說給小孩聽的故事，許多發音，說來說去，聲音就變了調。

大家慢慢聽著聽著，好像這個男子就叫做「許仙」了。「許仙」，很俊美的年輕男子，斯斯文文，心地也善良，但個性裡似乎有一點柔弱，長得瀟灑漂亮，做人卻很謹慎守本分。他又喜歡一個人走到山水裡，喜歡西湖又雲又霧，又是細雨或飛花的春天，好像有一點「仙氣」，有一點說不出來的仙緣。

藥鋪

許仙失魂落魄回到藥鋪。母親說：「好像叫『廣生記』，一個杭州城內的小藥鋪。」

他走到櫃檯前，跟哥哥打了一聲招呼，好像害怕心事被看穿，低著頭走到裡間，從茶壺裡倒了一杯茶，慢慢喝著。

西湖山上，秋天開著一種手指頭大的白色菊花，菊花摘下來，曬乾了，貯存起來，沖茶特別香，也可以入藥。一般人心口悶，或腸胃不順，或睡眠不好，或夏天中了暑熱，喝一點菊花茶，清一清濁氣，沒有大病，很容易就好了。

廣生記藥鋪總是沏一大壺菊花茶，加一點冰糖，來來往往的客人，不管買不買藥，總是先奉上一磁杯的菊花茶。

許仙品嘗著菊花淡淡的芳香，很甘甜的滋味，忽然聽到大嫂叫喚。

「回來了啊！淋到雨了沒有？衣服濕了吧，鞋襪也都換一換，別生病了。」

嫂嫂從小照顧沒有母親的許仙，習慣了把許仙當個沒長大的孩子。

許仙一一答應著，趕忙換了衣服，穿了一件短衫，換了一條灰布褲，腳下趿了一雙黑布鞋，跑出來跟嫂嫂說：「濕衣服都換了，晾在後頭竹竿上呢！」

嫂嫂笑著說：「你看，哥哥叫你帶傘，沒錯吧，果真下了一場好雨。春天，真說不準。」

嫂嫂提到傘，許仙心裡突突地跳，他希望嫂嫂不要提到傘，不要注意到傘。

嫂嫂看著許仙，不知道為什麼，這個男孩子好像做了什麼錯事，臉漲得通紅。許仙皮膚白，臉一紅，就像喝了酒，連眼皮上都泛紅了。

嫂嫂疑心，便問：「你怎麼啦？有發燒嗎？」

許仙趕忙搖手說：「沒有，沒有。」

他一味想遮掩，卻剛好是從來不會遮掩的人，顯得手足無措起來。

嫂嫂終於想起來，便問了一聲：「你的傘呢？怕也濕了，拿出來，撐在門口，曬一曬乾。」

許仙覺得頭上轟了一個焦雷，臉更漲得紫紅了。

過了許久，知道再囁嚅拖延，嫂嫂更要懷疑了，便硬著頭皮說：「嫂嫂，我把傘借給別人了。」

「啊──碰到熟人了？」嫂嫂說。

「沒有──」許仙囁嚅著，欲言又止。

哥哥也從櫃檯走過來，看老婆跟弟弟站著談話，便說：「什麼事？」

嫂嫂沒說話，許仙怕嫂嫂為難，先說了：「在湖邊遇到人，沒有傘，淋得濕透，把傘借給她們。」

哥哥在許仙頭上敲一下：「好小子，看著別人可憐，你自己呢？不也淋得濕透。」

許仙笑了，說：「兩個女孩子，衣服也穿得不多。」

嫂嫂敏感，覺察到許仙的靦腆了，便調侃他：「很漂亮的女孩子吧！」

許仙憨憨地點了點頭，哥哥嫂嫂一時大笑。哥哥又在他頭上敲一記，說：「傻小子！」

許仙走了，哥哥看著這個長得比自己還高的弟弟，好像想起了什

麼事，嫂嫂也看出來，悄悄說：「不小了，該成親的年紀了！」

剛巧有人來抓藥，哥哥趕忙迎出去，嫂嫂去倒茶。

一個婦人拿出折疊的方子，哥哥打開來看，唸了一遍：「辛夷、蒼耳子、菊花、銀花、黃芩、荊芥。」唸完，向婦人說：「病人著了涼啊，流鼻水嗎？喉頭有痰？」

他一面說，一面按著方子陸續打開一個一個小小的木抽屜，把藥用天秤稱了，一堆一堆倒在方方的白紙上。全都抓齊全了，才一一包起來，用細繩子紮了，交給婦人，在算盤上敲了一陣，算好藥錢。

婦人接過菊花茶，道了謝，順口問：「生意好嗎？」

嫂嫂搖頭：「生意清淡得很。」

哥哥把藥錢收了，找了零頭，笑著說：「生意清淡好，表示大夥都不生病。這藥鋪生意，原就該清淡。」

《白蛇傳》的故事好像發生在一個平凡市井小民的巷弄裡，不是達官貴人的生活，也不是高雅文人的生活，白素貞一心一意要走進這個世俗的小家庭來，找市井小民的樸實男子，過一種簡單又踏實的生活。

成親

所以，《白蛇傳》各種不同的版本都並不著重在許仙與白素貞成親這件事。

好像隔一天，天晴了，廣生記藥鋪門口就來了兩個女子。一個一身素白，一個一身青綠，站在門口，好像猶豫著怎麼開口。

哥哥剛好看到，就從櫃檯上伸出頭，客氣地招呼：「娘子，請進啊，抓藥嗎？」

白素貞和小青交換一下眼色，小青就跨進了門檻，向哥哥說：「大爺，我們昨天在西湖跟許官人借了傘，小姐叫我來還。」

嫂嫂聽到女子的聲音，也急急趕出來，正巧白素貞跨進門來，頎長苗條的身材，安靜沉穩的體態，嫂嫂一見就喜歡了這女子，急忙向裡面叫著：「許仙！許仙！」

許仙跑了出來，看見白素貞和小青，傻笑著，不知道說什麼好。

白素貞看了看藥鋪，知道這一家人生活並不富裕，但很實在，她放了心。

成親的事，大家都不清楚，連我母親講的《白蛇傳》裡都一筆含

糊帶過，好像理所當然，許仙就娶了白素貞。

民間的傳說沒有很多繁文褥節，到我長大了才覺得奇怪，怎麼忽然跑出一個陌生女子，許家兄嫂也不懷疑，也不問一問家世，也不會懷疑這兩個沒有戶口的女子來歷不明。

我自己以後補了一段，我相信哥哥還是會有一些客套話，例如：

「小姐請坐，尊姓大名？」

「白素貞。」白蛇這樣回答。

「小弟許仙魯莽，連兩位姓名也沒有問，不要見怪。」

「許官人好心借我們傘，自己淋濕了，是我們無禮。」白素貞說。

「姑娘是本地人？」嫂嫂想探聽身家了。

「不是——」白素貞泛紅了眼圈，委婉傾吐：「父母雙亡，到杭州來投靠舅舅，不想，舅舅也故去了。」

民間一定相信這麼簡單的對話就夠了，哥哥嫂嫂覺得這是天賜良緣，當下打定主意，要留這一對無依無靠的主僕兩人住下。

許仙也第一次知道白素貞這樣的身世，和自己一樣沒有父母，只

是自己多一份兄嫂疼愛，越發覺得要用心照顧這一見如故的女子。

「二位姑娘若不嫌棄，就留在舍下罷。許仙需要個伴，店裡也需要幫手！」

我假設哥哥以一家之主的身分這樣說，也許太直截了當了一點，文謅謅的人或許也不贊成這樣質樸的說法。

但我們相信民間的市井小民，原沒有那麼多扭捏，也沒有那麼多心機，他們坦蕩自在。一個做大哥的，覺得弟弟該成家了，正恰巧遇上這樣美貌又嫻靜的女子，父母雙亡，投親無門，孤伶伶流浪在外，需要收容，便決定做成這門親事。

許家也不是大戶人家，親族也少，親事辦得也很簡單。嫂嫂鬢上簪了紅花，忙進忙出，放了鞭炮，又進來攙扶新娘給祖先牌位磕頭。吃完晚宴，白素貞和許仙進洞房，嫂嫂才換了衣服，坐在床邊發呆，好像了了一件心事，無端端哭了一回。

白素貞和許仙結了婚，過著小門小戶的簡樸日子，幫忙藥鋪的買賣。

藥鋪的生意還是很清淡，每個月的收入僅夠最低的生活，嫂嫂有時候要接一點幫人縫補漿洗的活兒，才能貼補一點家用。

幾個月後，白素貞一個人在夜裡醒來了。她看著身邊微微打鼾的許仙，新婚後第一次這樣看著自己的丈夫，這麼真實的肉體，這麼真實的呼吸，貼近一點，就可以感覺到那肉體的溫度。

她忽然有一個念頭：「我可以有方法讓這個家過得寬裕一點。」

她抬頭張望一下帳子，灰舊的布帳子，上面還補了幾塊補丁，牆上有一些雨漬的痕跡，一到夏日暴雨，屋頂總要漏雨。

白素貞想了想，便起身到後屋，找到小青，附耳說了幾句，小青點頭，兩人便悄悄走出了黑夜靜無一人的巷弄。

這個街坊不大，縱橫不到十條街，到了夜晚，坊門都關了，做生意的關了店門，一般住戶早早熄燈就寢，只有打更報時的人，兩個時辰走巡一次，敲一次更。

白素貞攜了小青，像兩陣青煙，穿過窄窄的巷弄，到了街坊路口的井水處。這一口井是全街坊都食用的井水，一到黎明，就有許多人帶著桶子，用轆轤垂下桶去，把沉沉的水一桶一桶提上來。

白蛇站在井邊，昂起頭，微微施了法術，井水便沾了輕微的毒，這毒不重，但喝了這水，上吐下瀉不止，非得服藥不可。

白素貞第二天和小青趕著配製了一包一包的成藥，等著各處的人

抱著肚子來買藥。

哥哥嫂嫂不知情，連許仙也瞞在鼓裡，白素貞設下這個計謀，使廣生記的藥一下子紅了起來，每個服過的人都說靈驗。

不多久，廣生記的字號，不脛而走，連外省的人，都來求藥。日進斗金，僱了好幾個幫手，還忙不過來。白素貞剛懷了孕，有些害喜，嫂嫂如何也不准她再操勞，她便大多時坐在櫃檯上，管管重要的帳，看著心愛丈夫的笑臉。他和每個抓藥的人講話，誠誠懇懇，常常看到貧苦孤獨的人，連藥錢也不收。白素貞心裡矛盾，自己為了幫助廣生記的生意，在井水裡下了毒，她想，丈夫若知道了，一定會怨怪的罷。

母親說到這裡，常常會加一段她自己的告誡，說：「白素貞這樣做，犯了天條，她用法術牟利，害很多人受病痛，不多久，果然有了報應。」

母親說的「報應」，就是法海，一個嚴肅正經的高僧，專門在人間除妖降魔。他在金山寺靜坐，覺得杭州一帶不平靜，有妖邪之氣，便渡河到了城裡，四處走一走。走到廣生記門口，看到白素貞坐在櫃檯上，法海掐指一算，便算出了白素貞的原形。「原來是條蛇精──」，法海心中盤算，如何除了這妖孽。

法海

《白蛇傳》故事裡的法海，很難讓人喜歡。

法海是修道高僧，他的職責就在除邪崇鎮妖魔，為人間求太平。

但是《白蛇傳》裡，白素貞成了親，懷了孕，大家早已忘了她是蛇。那麼，白素貞和許仙，小倆口平平安安過日子，關法海什麼事呢？

大家都對法海站在廣生記門口探頭探腦的樣子很反感。

法海像一個義正辭嚴的衛道者，護衛他相信的道德，沒有一點轉圜的餘地。

他在廣生記門口轉了又轉，四處打聽，知道白素貞是新嫁到許家的媳婦，再問一問，街坊鄰居果然都不知道她的出身底細。

「矇騙得過世人，可矇騙不過我的法眼。」

法海似乎想鬥一鬥白蛇，心中便設下了一計。

他的計謀首先必須要說服許仙，要許仙相信妻子是蛇精。

法海左等右等，等到許仙一人出來，到鄰街購買過端午節要用的

粽葉。

天氣已經很熱，許仙穿著府綢衫子，走不一會兒，一身汗，正想走到騎樓下陰涼處，迎面過來一個和尚，上前一禮，說：「阿彌陀佛，施主請留步。」

許仙以為是化緣的和尚，正要從內衣口袋掏錢，不想法海按住他的手：「善哉！善哉！施主請過一邊說話。」

法海向許仙示意，走到巷弄角落一處人少的僻靜處。

法海單刀直入，向許仙說：「施主，你妖孽纏身，要仔細啊！」

許仙聽不懂，納悶著。法海便把白蛇五百年修行成精的故事一一道來。

許仙笑著說：「大師父怕認錯人了。」

說著許仙就要走。

法海一移步，又擋住許仙，許仙不知道法海有法力，幾次要脫身，法海一晃，又檔在前面。

許仙究竟有點惱怒了，便有些生氣地說：「你要做什麼？」

法海謙遜施一禮：「施主妖孽纏身，性命不保啊！」

許仙無法把妻子與蛇精聯想在一起。但法海一說再說，看他身影，又顯然是有道高僧，許仙便心中狐疑，不知自己究竟陷入什麼魔障。

「你要我做什麼？」許仙只好這樣詢問。

「後日就是端午節，家家都要喝雄黃酒，施主只要敬娘子一杯，她就要現出原形。」

法海說完，不等許仙回答，轉身飄然而去，留下許仙一個人呆在原地。

他望著法海瞬間消失在人群中的影子，頭腦一片空白。「素貞是一條白蛇──」他的腦海裡剎那間閃過一條蛇的影子。

他的腦海裡是有一條蛇的影子，比出生娘胎的記憶還要早，他弄不清楚，那條蛇為什麼一動不動地看著他。

許仙不知道要往哪裡去，他忘了出來要買粽葉的事，在街上東走西走，到了黃昏才回到家。

〈白蛇故事〉

端午節

街上家家戶戶都是蒸粽子的香味,熱騰騰的,一縷一縷帶著米香、竹葉香的蒸氣從大蒸籠、大鍋裡冒出來。

少女們用彩色斑斕的絲線繡成香袋、荷包,裡面填塞了沉楠奇香的粉末,掛在身上,隨著夏天熱熱的風,也搧起一陣陣的香。

「這個夏天真熱啊——」嫂嫂把艾草加上蒲劍紮在一起,插在廣生記進門的入口,她跟過路的人打著招呼,過路的人手中也抓著艾草、蒲草,順便看看嫂嫂已經插好的樣子,比一比,說:「你的漂亮,艾草這麼茂密,蒲草又長又挺,真像把劍。妖魔蛇蠍,都不敢進門了。」

人們相信端午節是一年最暑熱的節氣,毒蟲都開始活躍,蛇、蠍子、蜈松、蟾蜍,甚至傳染病疫的蟑螂、老鼠、臭蟲、蚊、蠅都到處亂飛亂竄。艾草是除毒辟邪祟基本的藥草,蒲葦長長的,像一把劍,象徵斬殺妖魔邪祟的武器,家家戶戶,因此都用紅紙紮了這兩樣植物,插在門口,以避暑熱邪氣。

母親在講《白蛇傳》這一段時,也在蒸粽子,紮非常美麗的香袋,在門口兩邊插上蒲艾,而且,一定從中藥鋪買一包氣味辛辣嗆鼻的雄黃,調在高粱酒裡,做成雄黃酒,用帶著橘黃顏色的酒

汁點在我們兩耳鬢邊，並且用筷子沾著雄黃粉，在每一個孩子額頭上寫一個「王」。

「這樣，毒蟲就不會侵害你們了。」母親說。

在端午節的許許多多儀式裡，《白蛇傳》的故事變得非常具體，有那麼真實的生活細節，就連法海指定迫使白蛇現出原形的「雄黃酒」都那麼真實。

我們一群孩子，便帶著頭上用雄黃酒畫的「王」字，四處亂跑，覺得自己彷彿是被雄黃逼出原形的蛇，又像帶著雄黃要白素貞現出原形的許仙。稍大一點的孩子，就開始胡思亂想，不知道自己身體內躲著什麼樣的原形：是蛇？是老虎？是狐狸？或是一頭溫馴的波斯貓？還是呲牙咧嘴的猴子？

白素貞的原形是蛇，她修行了五百年，她還是帶著蛇的原形活著。

我記得小時候舞台上的白素貞，頭上顫巍巍立著一條金屬打造的蛇，兩隻眼裡鑲嵌了珠鑽，白蛇一閃動，眼睛就亮晶晶的。

我們會不會都好奇自己身體裡是否隱藏著一條蛇的原形？

許仙也一直覺得自己的生命中有一條時時忽隱忽現的蛇。

〈白蛇故事〉

尤其一到夏天，這麼燠熱的夏天，一身都是汗，肉體裡好像蠢動著一種「非人性」的東西，像蛇的蠕動，要從人性的底層顯露出來，露著野獸的眼光，齜張出尖利的牙齒，身體每一個部位都在蠢蠢欲動，無法安份在「人」的體腔內，要變成野獸撲出來。

端午節的前一個夜晚，許仙緊緊抱著白素貞的肉體，那麼黏黏卻又冰涼的肉體，許仙覺得自己像一條蛇，緊緊纏著另一個肉體，好像要更深深進入另一個身體，要完全融化掉，不分彼此。

他一身都是濕熱的汗，他覺得自己徹底變成了動物，人的部分消失了，他吸吮著白素貞的肉體，咬嚙著她的肉體，擠壓著她的肉體，他彷彿失去了理智，完完全全恢復了野獸的本能。

他忽然想起法海說的「雄黃」，一種可以逼出原形的藥物，他想知道自己的原形究竟是什麼。

他聽到敲更的梆子，已過午夜，已是端午的凌晨了。

他忽然坐起來，冷冷地說：「素貞，我們喝一點酒。」

白素貞望著這個男人，這個一向儒雅溫柔的男人，他剛才像變了一個樣兒。

他在她身上衝撞、擠壓、嚙咬，像一頭獸，一頭憂傷憤怒的獸，

要發洩身體裡最底層的吶喊，他一聲聲叫出來，然後撲倒在她身上。

而且，他要喝酒。

不等白素貞回答，許仙走到外面，拉開藥櫃上貼著「雄黃」標籤的小抽屜，舀了一勺出來，又從罈子裡打了一勺酒，放在杯子裡，用手指調了調，雄黃粉攪動起來，和著酒味，立刻瀰漫著嗆鼻的辛辣氣味。

許仙凝視著烈酒中旋轉的橘紅色的雄黃，好像要在裡面發現自己獸的原形。

他回到房間，當著白素貞的面，自己先喝了一口，再把剩下的整杯遞給白素貞。

原形

白素貞喝了雄黃酒，現出原形，一般戲劇演出是安排在端午節中午的酒宴上。許仙因為受法海調唆，不斷勸酒，白素貞拗不過，也私下自忖，修行五百年的法力，大概可以抵擋，便喝了一口。誰知一口酒下去，只覺天旋地轉，五內崩裂，她努力護住腹中的胎兒，小青見狀不妙，立刻攙扶白娘子進房休息。

許仙趕緊進房去，沒有白素貞，只見一條大蛇盤在床上，他大叫一聲，嚇死過去。

小時候在舞台上，看到許仙從後台倒退出來，甩髮，全身發抖，最後直挺挺背靠後倒下，連膝蓋都不打彎，腰背挺直，這個動作叫「挺僵屍」，聽說是高難度動作，表示許仙驚嚇過度，一頭栽倒死去。

民間的現原形這一幕戲，比較有趣，常常加上大鑼大鼓，燈光閃爍，從空中飛下一條布做的巨蛇，張牙吐信，十分可怖，但也充滿童話式的活潑生命力。

傳統崑曲、京劇裡的白素貞，已經十分優雅，去除「蛇」的動物性，被賦予美麗女子的身段造形。民間比較粗樸的劇種，像台灣的歌仔戲，白蛇有粗獷潑辣的原始性，敢愛敢恨，現出原形時，

舞動《白蛇傳》

更彷彿獸性原慾的流露，不作一點修飾。

不管是否修行了五百年，白蛇還是現了蛇的原形。修行好像只是外在的禮教偽裝，事實上，肉體裡火辣辣的原形，不時要撲出來，連自己也嚇一跳。

母親每講到白蛇現原形，就嘆一口氣，覺得好遺憾，無奈地說：「白蛇修行修了一半，她總是要露出原形的。她愛許仙愛得太深了，明明知道喝了雄黃酒，就要現原形，她還是要喝！」

母親的無奈裡，好像是惋惜，又好像是讚嘆。

「因為愛得很深，就會現原形嗎？」我幼小時已經開始這樣斟酌思想了。

《白蛇傳》在現代心理學的領域，留下了很大一片空白地帶，可以借此用全新的觀點省視「人」的內在，省視可能連自己也不完全清楚的「原形」。

就像大部份華人，都會因為出生那一年的生肖，一生在自己身上烙印著一個動物的符號。

「我屬豬！」「我屬猴！」「我屬蛇！」「我屬雞！」

十二生肖，好像每一個修行成人類的生命內在隱藏的動物原形。

〈白蛇故事〉

因為《白蛇傳》的故事，我從小就習慣觀察一個人，聽他的聲音，看他的五官，肢體動作，猜測這個人的「原形」是猴？是羊？或是馬？

不只中國，連巴比倫的古代星座中，也把人的出生定位在與動物有關的圖騰上，半人半馬，或羊，或獅，也離不開動物的原形。

女媧、伏羲都是人頭蛇身的，漢代畫像磚裡常常看到一個女人的頭，或一個男人的頭，下面拖著長長一條蛇的身體。有時候，兩條蛇的尾巴還交纏在一起，好像上半身已經是理性的人類了，下半身卻還是眷戀著動物的野性與獸性。

獸的原形使人類保有更迷狂暴烈的愛慾嗎？我總覺得許仙端著那一杯雄黃酒，是想讓自己和自己的女人一起恢復獸的原形。

我們一旦現出了獸的原形，是否會恐懼戒慎？會羞恥躲避？我們修行長久的「人性」的部分會拒絕認識自己沒有完全消失的「獸性」嗎？

篤信「道德」的法海，要逼迫白蛇現出原形，對衛道者而言，逼迫他人現出原形是最大的懲罰與侮辱嗎？

我總是在想，從原形裡慢慢醒轉的白素貞，看到自己「蛇」的身體，會覺得難堪到痛不欲生嗎？

盜仙草

《白蛇傳》的故事，在白素貞現出原形之後，好像沒有機會描述她自己的不堪，她即刻發現，許仙已經死了，於是撫屍痛哭，小青如何勸解都沒有用。

平日看起來溫婉嫻靜的白素貞，忽然在巨大災難中變得剛烈而頑強。她不信許仙救不活，她不信五百年的修行換來這樣的結局，她在痛苦中仍然感覺到腹中胎兒在動。白素貞把散落的頭髮咬在口中，站起來，換上輕便的服裝，她決定要上三十三天去盜仙草，可以起死回生的仙草。

小青嚇得臉色發白，她極力阻止，她提醒白蛇：「仙草是天兵天將守護的，妳去送死啊！」

白素貞意志堅定，那往往是將要做母親的意志，雌性動物原比雄性更有韌性與耐力，也更在災難來臨時堅苦卓絕。

母親講述《白蛇傳》的故事，常常要分心去講一段她自己如何在戰爭中用身體保護我們的故事。

我小時候聽了當然很煩，心裡急著想知道白蛇究竟有沒有盜到仙草，無心聽母親誇耀自己的母愛。

〈白蛇故事〉

傳統戲劇裡〈盜仙草〉一段是武戲，常常演。白蛇一路躥上三十三天，小青力阻不成，也只好跟去協助。

舞台上鑼鼓喧騰，哪吒、二郎神都出來了。哪吒踩著風火輪，手上耍弄乾坤圈，二郎神額頭上一隻豎立的眼睛，好像隨時可以攝去人的魂魄。

還有一個踩高蹻的仙鶴童子，守護仙草，看到白蛇青蛇被天兵天將團團圍住。白蛇因為有身孕，無法施全力，已經打到精疲力竭，眼看仙草就在前面，卻身陷重圍，性命都要不保。

仙鶴童子挺著尖尖的嘴喙，拍著翅膀，看到白蛇已經不支倒地，便衝上前來準備一口叼起白蛇。

「仙鶴是專門吃蛇的。」母親特別這樣解釋。

白蛇眼看性命交關，小青被天兵困住，乾著急，無法伸出援手。

剎那間，天空一聲霹靂，金光一道，祥雲間降下一名老者，旁邊侍從宣告：「手下留情，太上老君到！」

（不同的版本敘述的「救星」不太一樣，有的說是南極仙翁趕到，有的說是觀世音菩薩，手持楊柳枝，用淨瓶水灑向人間，幫助了白蛇。）

舞動《白蛇傳》

太上老君是個禿頭，額頭很高很高，白色的眉毛垂下來，一臉和氣的笑容。通常一看到這樣的長相，就知道白蛇有救了。這長相就像孩子心目中的爺爺，爺爺到了哪有不救孫女的。

白素貞即刻跪下，哭著向老君磕頭，訴說丈夫已命絕，自己干冒天規，偷盜仙草，但求老君赦免。只要救回許仙一命，甘願再回來領受任何責罰，粉身碎骨也不遺憾。

太上老君嘆了一口氣，他想人間至情至聖，不過捨己救人，而這白蛇可以為所愛之人赴湯蹈火，使天地慚愧。

老君親自摘下仙草，交給白蛇，囑咐說：「白素貞快回凡塵救回許仙罷！」

白蛇叩謝不已，滿面眼淚，在小青攙扶下，趕回人間。

許仙氣絕多時，幸而尚未天明，哥嫂都還沒有發現，白蛇即刻將仙草搗碎，送入許仙口中，等一盞茶的工夫，許仙悠悠一聲長嘆，胸口長長喘了一口氣，死裡逃生，醒轉了過來。

白蛇悲喜交集，正要抱著許仙大哭一場，不想許仙驚懼躲閃，好像白素貞現出的蛇的原形已在他腦海中揮之不去了。

〈白蛇故事〉

金山寺

原來恩愛的許仙與白素貞，因為端午節現出蛇的原形，兩人間有了解不開的結。

許仙知道是白素貞上三十三天，冒生命危險，盜回仙草，救了他一命。

他不是不知感恩的人，但是，一條盤踞在床上的蛇的影像，始終困擾著他。

他在妻子與蛇之間，在愛與恐懼之間，在報恩與厭棄之間矛盾著，一日一日越發變得沉默寡言、心事重重了。

白素貞當然知道許仙轉變的原因，卻不便好好談一談。哥哥嫂嫂蒙在鼓裡，只是猜測或許白素貞臨盆在即，身體不適，而許仙憂心忡忡，也情有可原。

許仙常常在睡夢中驚醒，在惡夢中被什麼東西壓住，他全身掙扎，卻叫不出來，醒來時一身冷汗，卻看到白素貞深情款款看著他。

恩愛裡也會有這麼多疑慮嗎？

許仙好像已經無法坦蕩自在地去愛妻子，蛇的陰影一日甚似一日，使他精神恍惚。

他失魂落魄，有時候一整天在街上走來走去，不想去哪裡，也不想回家。

走著走著，迎面一人擋住去路，許仙抬頭一看，不是別人，正是法海和尚，披著橘紅袈裟，手中握著禪杖，沉沉地說：「施主，別來無恙！」

許仙多日心事積壓，到了爆發之時，一時腿軟，跪在地上，拉著法海袍角，哀求道：「大師救我。」

法海二話不說，拉起許仙就走。

許仙覺得輕飄飄的，腳不著地，不多久，便到了江邊。法海一聲輕喝：「隨我來！」許仙身子一縱，好像飛在空中。法海袖口一翻，托住他的腰，輕輕一點，二人已經落在一艘船頭。船一解開繩纜，在江上如箭出弦，向對岸駛去，不一會兒，就到了對岸。許仙神魂恍惚，看到岸上一座宏偉寺廟，紅牆黃瓦，簷牙高啄，擺列許多旗幡，迎風招展，寺門上一塊黑匾，三個金色大字：金山寺。

金山寺在長江南岸，鎮江市的西北角，面臨大江。從東晉開始，

就在岸邊修築寺廟，歷代擴建，修成殿宇無數，沿山坡而上，幾乎見寺不見山。

許仙隨法海一級一級台階走上去，走得很喘，又兼心神不定，他偷偷用眼斜窺法海，法海如履平地，面不紅，氣不喘，氣定神閒走著。許仙對法海又敬又畏，覺得雖沒有見過幾次面，法海透露的莊嚴端正、氣宇非凡，使他相信這是位得道高僧，一定可以拯救自己於心煩意亂之中。但他又害怕著，害怕這樣嚴厲的法海，會對妻子下毒手。

「白素貞真是蛇精嗎？」雖然經過端午節雄黃酒現出了原形，許仙親眼看到床上一條白蛇，但夫妻恩愛，他還是半信半疑。

他和白素貞共眠一床，輾轉難安，不知何時將被蛇精所害。

但一旦跟隨法海，遠離白素貞，到了金山寺，他又思念起妻子。而且，白素貞已有身孕，不久臨盆，他自責如此無情，在此時丟下她孤伶伶一人。

許仙性格懦弱，優柔寡斷，從小溫馴，大小事皆由兄嫂做主。一到需要自做抉擇的時刻，就陷入兩難，進退失據了。

法海把許仙引進寺廟最高處的一間禪堂，命令許仙在蒲團上坐好。許仙看見三尊金佛，兩旁護法韋陀，一字排開，許仙仍然心

煩意亂，無法坐定。

法海端坐在禪榻上，手持一隻近一公尺長、三指寬的紅板，大喝一聲，好像洪鐘大鏞，空空的禪堂裡都是回聲。

許仙嚇得瑟縮著，不敢抬頭。

法海說：「孽由心起，還不斷念！」

那聲音，好像不是從人的身體裡發出，那聲音，好像是枯死的老樹穴洞中的聲音，像深淵地谷裡可以把人吞噬下去的聲音。

許仙覺得，那聲音變成一股寒冷的氣流，像一條細細的蠶絲，把自己的身體纏繞起來，手腳都受了束縛，一動也不能動。

「孽由心起，還不斷念！」

好像伴隨著木魚嘟嘟嘟的敲打，一聲一聲，法海的聲音，在敲擊著他的腦殼。他無法抵抗那種敲擊，好像驅趕掉肉體裡的什麼東西，好像連每一根骨髓、每一條腦神經裡的記憶都要敲掉了。

他又看到了那一條蛇，在下雪的湖邊，在雪花紛飛的湖邊，湖水已經結成一片晶瑩的冰。斷橋上也積著殘雪，那條蛇，白得和雪一樣，緩緩蠕動，好像流在雪地上一道長長彎彎的眼淚，慢慢在消失，消失在無邊無際的雪地裡，消失得無影無蹤。

許仙睜開眼睛，不知道坐在蒲團上多少個晝夜了。他看到禪堂高處大樑上一道一道斜射進來的月光，他聽到大江的波濤在山腳下迴盪盤旋，一波一波的浪，來了又去，去了又來，打在岸邊的岩石上，迸起千千萬萬的浪花。浪花散在空中，散成一片細細的飛沫，隨風吹走，沒有留下一點痕跡。

他繼續用法海教訓他的方法靜坐，摒除一切雜念，守住丹田，調正呼吸，使自己的身體如槁木死灰，如深潭古井，沒有一點波瀾。

但他還是聽到水聲，聽到遠遠的地方，波濤洶湧，聽到有人在波濤裡浮沉，有求救的哀告，有沉沒時聲音哽咽堵塞的斷滅。

他甚至聽得到一種近於蛇的淒絕嘶叫，很細很長的聲音，在他耳邊縈繞，久久不去。

許仙有半個多月沒有回家了，這樣沒有任何原因的失蹤，急壞了哥哥嫂嫂。他們每天在大街小巷裡尋找，碰到熟人就問：「看到許仙沒有？」

街上做生意的小販說，似乎有一天看到許仙跟一個和尚走了，往哪裡去，也不確切。

哥哥嫂嫂也到衙門報了案，每天去打聽，卻一點消息也沒有。

他們每天找到筋疲力竭，腿也走酸了，腳後跟磨出水泡，結了繭，喉嚨也喊啞了，還是沒有一點消息。

夜晚回到家，還要面對白素貞和小青充滿期待的眼神。

白素貞眼看就要生產，大腹便便，行動也不俐落，但仍守在門口，日日盼望，好像期待奇蹟出現。

她當然心中明白，因為端午節現出原形，嚇死了許仙，即使救活了，許仙心中便有了疑慮。夫妻之間也有了難以彌捕的裂痕，許仙更是處處防範，白素貞稍一靠近，他就驚慌失措，藉故躲避。

白素貞不甘心，她千辛萬苦，盜仙草，救活許仙，她也發誓，一定要找回丈夫失落的恩愛與信任。

許仙跟和尚走了的消息，慢慢在街坊間流傳，越來越附會，最後就演變成許仙剃了髮，出了家，做和尚去了。

「為什麼做和尚？好好的家，好好的老婆？」大家心中都在猜測。

老婆不是要生了嗎？許仙不喜歡這孩子嗎？老百姓的推理，沒有一定的邏輯，最後就謠傳著，白素貞的孩子可能不是許仙的，許仙一氣，就出了家。

謠言沸沸騰騰，白素貞站在門口，一堆人就圍過來看，指指點點，白素貞躲回房中哭泣，外面人還是不散。

小青直性子，跑到門口罵人，手叉著腰，凶悍地說：「都給我滾！」大家才摸摸鼻子走了。

小青進房跟白蛇商議，這樣下去，不是辦法，孩子馬上要生了，找不到爸爸，街坊上更要有話說。

白素貞想了想，便附在小青耳旁，交待了幾句，定下一計，要小青準備。

水漫金山

白素貞吩咐小青，夜晚無人，在後院中庭設了香案，焚香祝告，叫出土地公來詢問許仙下落，終於弄清楚，許仙被囚在金山寺法海和尚處。

法海囑咐寺中上上下下僧俗人眾，不得走漏半點許仙行蹤的消息。法海知道，白蛇是修行五百年的蛇精，法力甚高，怕惹來大禍，因此寺門上都貼了神符，阻止邪魔入侵。

白素貞第二天一早，即由小青相伴，買舟過江，到金山寺。一進廟門，即立刻跪在大殿前，頻頻磕頭。小和尚不知白素貞來歷，見一美貌女子，滿面流淚，一語不發，只是叩頭，便上前勸道：「小娘子，有什麼事，大師一定為你做主，快快起來！」

誰知已有人通報法海，法海立即趕來，大聲斥責：「妖孽！送上門來找死！」一根禪杖飛出，當頭向白素貞重重砸下。

小青一腳飛起，禪杖彈開，小青也覺腳上一陣酸麻，有點吃受不起。

小青火爆脾氣，覺得法海不近人情，她怒睜雙眼，柳眉倒豎，喝罵道：「何方禿驢，如此無理，欺人太甚，還不放出我家官人！」

白蛇知道法海道行甚高，不能強逼，加以腹中已在陣痛，即刻要生產，便喝止小青，回轉過來，還是向法海苦苦哀求。

「大師，我與許仙，夫妻恩愛，情緣未了，求大師赦回，大恩大德，永世難忘。」

白素貞說的哀淒，法海卻毫不動心，他一意執著，認定白素貞是妖孽，必斬除之，便開口罵道：「妖孽！妳乃蛇精，蠱惑人間，什麼『夫妻恩愛』，人蛇之間，豈有『情緣』！」

白素貞哀求無效，也因腹中陣痛加劇，急於救回許仙，便施出殺手鐧，掐指作法。剎那間，天上風雲變色，金山寺一時籠罩在烏雲之中，簷角鈴鐸，鏜鏜急響，像是警鐘，旗幡也在狂風中亂捲，連貼在門上的神符，都被風撕去見。天搖地動，小和尚們亂跑亂竄，有的抱著柱子，害怕被風吹去。

法海即刻下令，退入大殿，關閉廟門，準備迎戰。

白蛇和小青退回江上，手持號令，發動所有水族，開始「水漫金山」。

〈水漫金山〉這一場戲，在舞台上，是小孩最愛看的。

白蛇青蛇，一路在舞台上跑，真的像是在興風作浪，後面跟著一

群扮成蝦兵蟹將的小卒。

所謂蝦兵蟹將，就是江海中的魚精水怪，牠們受白蛇號令，全部齊聚，要淹沒法海的金山寺。

蝦兵頭上，戴著有長鬚的蝦盔。蟹將身上，披著八隻爪的鐵甲。還有魚頭精、鱉精，各種怪異造型，看到人眼花撩亂。

我小時候，最愛看到是蚌蛤精。通常多由女旦扮演，穿著短小紅綾裹肚，露出肉白四肢，背上揹著兩扇大貝殼，套在手上，像兩扇門，可以開闔，在激烈的水戰打鬥中，蚌蛤精不忘幽默地像表演脫衣舞一樣，一開一闔，作出誘人的動作，逗觀眾發笑。民間野台戲，更有創意，在貝殼內裝了有蓄電池的燈泡，一閃一閃，竟像圓圓的珍珠。

〈水漫金山〉最好看的是「耍大旗」，一名英挺武生，手拿一張幾乎可以覆蓋半個舞台的大旗，大旗用最輕薄的絲綢製成，染成淺藍漸層，一旦舞動起來，像水波翻捲。尤其似乎手拉出，厲害的演員，可以讓綢布微微震顫，像波光粼粼，力道拿捏，恰到好處，台下掌聲雷動，一片叫好喝彩。

在白蛇領導下，所有江海裡的魚蝦蟹鱉蚌鱔，通通跑了出來，在舞台上，熱熱鬧鬧。小時候，看到這一段，非常興奮，好像覺得

法海有點不近人情，這些小蝦小蟹，看不過去，也都踴躍跑出來，支持一名可憐的弱女子，有點大快人心。

法海當然也不示弱，他即刻登壇作法，召喚天兵天將，金盔金甲，天上的神仙，氣勢又很不凡。對比下，蝦兵蟹將就有點像烏合之眾，台上廝打一番，不多久，白蛇這邊就敗下陣來了。

白蛇眼看蝦蟹盡全力抵擋，漲高水勢，一層一層淹沒金山寺，心中愛恨交集。她惦記許仙下落，也顧不得大水沖垮了民房，老百姓田園莊稼，付諸流水，財物損失不算，更有無數牛羊牲畜遭殃，年老體弱、攀援不及的老弱婦孺，也有許多人被大水沖走，不知下落。

「生靈塗炭，這是白素貞一罪。」母親講到這裡，還是要加一註解，使我們從小知道，即使小小生命，也不可以輕賤糟蹋。

白蛇或許是生死一搏吧，顧不得許多，她的愛變成了一種毀滅，已經無法理智思考了。

我記得舞台上，一張桌子落在另一張桌子上，大概有三張桌子高，法海就站在頂端，真的像是登壇作法的大師父，看下面水波洶湧，魚蛇潛躍，也看天兵天將，自上而降，降魔伏妖。

不知道為什麼，小時候對天兵天將沒有什麼印象，倒是小蝦小

蟹，可愛逗趣，既充滿人性，又充滿正義，很能有親切認同之感。

水漫金山，一場激烈戰鬥，蝦兵蟹將漸被除盡，水波退去，天兵天將向法海報告，妖魔已除，要回玉殿稟告玉帝，便駕祥雲離去。

斷橋

老戲本子裡有非常美的一段戲叫〈斷橋〉。「斷橋」橫跨西湖湖面，橋中央是尖的，冬天下雪，橋身被雪覆蓋，一片白茫茫。只有尖端一線黑，沒有積雪，遠遠看去，好像白色的橋，中間有一斷裂的痕跡，因此叫「斷橋」。冬天大雪中，看斷橋，特別淒清荒涼。「斷橋殘雪」便是西湖冬天重要一景。

許多人說：「斷橋不斷」。指的也就是這橋，名為「斷橋」，卻並沒有「斷」。

白素貞從金山寺敗戰下來，腹中疼痛不已，小青陪侍，來到斷橋，卻不料正好遇到許仙。

冤家路窄，小青一見許仙，大罵：「負心之人，死有餘辜！」拔劍便刺。

白蛇腹痛如絞，卻起身護衛許仙，要小青不可施毒手。

許仙慚愧，自責覺得對不起白蛇，但身後法海已率眾追殺而來，二人匆匆在斷橋分散。斷橋因為《白蛇傳》的故事，多了一點隱喻，夫妻恩愛，人世情緣，或許似斷未斷，還可以多有斟酌。

在〈斷橋〉的戲裡，覺得白素貞委屈幽抑，但她到了情斷意斷之

舞動《白蛇傳》

時，並不願報復他人，處處以身體擋住小青的傷害。

白素貞的恩愛，似乎只是自己的完成，許仙種種背叛，她都已不在意了。

她的愛情，正是她修行的意志，她望著湖面堆冰積雪，想起五百年專心一意地苦修，生命走到「斷橋」，似乎有了大徹大悟。

她和許仙分手，一心一意，只是要找個僻靜處，把孩子生產下來。

合缽

《白蛇傳》的故事，並沒有交代白素貞的產子，只是看到法海追兵來到。

白蛇知道天網恢恢，無處可逃，她便安心靜待責罰。

法海宣告，白蛇成精，危害人間，觸犯天條，將永世壓在雷峰塔下受苦。

法海手上的缽，原是收妖降魔的法器。法海一放手，缽飛在空中，慢慢旋轉，逐漸壓向白素貞。白素貞頓時頭痛欲裂，在地上翻滾掙扎，漸漸現出了蛇的原形，盤旋在地，驚懼顫抖，一動也不敢動。

法海口中念著咒語，那銅缽就一點一點蓋向白蛇，最後終於把整條蛇收入缽中。

法海停止念咒，右手一伸，把缽召回，托在手上，猛然轉身，帶著缽，快速走向西湖山丘上的雷峰塔。

雷峰塔

《白蛇傳》故事的每一段落，都和西湖發生著密切的關連。在〈遊湖・借傘〉時，白蛇與許仙在西湖相遇相愛，「斷橋」則是他們別離的地方，而「雷峰塔」下又鎮壓著白蛇，使這個一千年來流傳於民間的故事，有了非常具體的背景。好像也使一個帶有神話意味的傳說，變得非常真實。

雷峰塔是宋代造的磚塔，一直矗立在西湖岸邊，特別是黃昏的時候，遠遠望去，一片彩霞夕照，染紅了天空，起伏的山丘上，一座孤立突兀的佛塔，正好像指點風景的標誌，也就變成西湖十景之一著名的「雷峰夕照」了。

雷峰塔這樣的古蹟，映照著漫天夕照霞光，說故事的人就把白蛇的故事在這裡做了結尾。

法海收服白蛇，把蛇身鎮壓在塔下，使白蛇受永世之苦，以警告不守清規干犯戒律者的儆戒。

人們聽《白蛇傳》的故事，看《白蛇傳》的戲劇，看到結尾，總想走到雷峰塔去憑弔一下有情有義的白蛇，也順便對法海的殘酷無情搖頭抗議。

〈白蛇故事〉

「雷峰塔下壓著白蛇！」

所有在《白蛇傳》故事中長大的人，都覺得雷峰塔下真有一條白蛇，而雷峰塔下，鎮壓著的，又似乎不只是白蛇，而是每一個聽故事的人心裡面對白蛇的敬仰與同情。

我們從來沒有想過，一向令人恐懼害怕的蛇，一向被人視為有毒的蛇，竟然被一個神話故事改變了。白蛇具備了最深情的愛，最深厚的恩，最勇敢正直的義氣，使一切人類慚愧。

但是，白蛇還是被壓在雷峰塔下。

每個走過雷峰塔的人，心裡都惦記著白蛇的受苦。每個看到雷峰塔的人，心裡都憤憤不平，看到燒得像火一樣紅的夕陽，好像連天地都控訴著白蛇的委屈不平。

《白蛇傳》的故事好像很久遠，一千年，通過那麼漫長的歲月，在民間流傳，但是，又好像很近。因為西湖、杭州、金山寺、雷峰塔，都歷歷在目，一點也不遙遠。

每一代的人，都憑藉著這些真實的地名，為《白蛇傳》添加了更多當代的經驗。

大約是民國二十五年吧，已經到了二十世紀，中國有一位重要的

作家，名字叫魯迅，他也從小聽《白蛇傳》的故事，他也跟大多數人一樣，痛恨法海的無情，同情白蛇，敬仰白蛇，他一定也總是惦記著雷峰塔下的白蛇，為她的受苦憤憤不平吧！

有一天，他走在西湖的堤岸上，忽然聽到一聲巨響，往西邊一看，雷峰塔熟悉的影子不見了。

他頗有感觸，寫了一篇文章：〈論雷峰塔的倒掉〉。

他覺得雷峰塔在《白蛇傳》的故事裡，象徵著封建的權威，鎮壓著渴望自由、渴望愛、渴望解放的人性。

法海正是執行這權威與教條的人，因此，民間百姓都不喜歡他。

江南的民間，在秋涼以後，吃一種湖蟹，蟹的殼上，有一個隱約的禿頭的臉，眉眼皺在一起，人們吃著吃著，便罵起法海，說：看！做了傷天害理的事，把白蛇壓在雷峰塔下，被萬人唾罵，只好躲在這殼裡。躲不掉的，還是要給人煮了下酒吃！

民間總是把故事當真，也善惡分明，把所有一股腦兒對白蛇的憐憫，都發洩在對法海的憎惡上。

我在大學時，讀到魯迅先生的〈論雷峰塔的倒掉〉很受感動，也才知道，民間看似敦厚溫和，但在傳說故事中，早已埋下了反抗

權威與虛假禮教的元素，只是等待明眼人在適當的時機點破而已。

祭塔

魯迅屬五四運動一代，對傳統封建權威的禮教深惡痛絕，自然以雷峰塔的傾倒，借題發揮，點出《白蛇傳》在民間廣為流傳的原因。

當然，回到現實，雷峰塔是古蹟，從建築史的角度，本是珍貴的史料，近幾年經過修復，又發現地下的地宮藏有許多未出土的珍品，現已成為重點保護的文物。二○○四年，雷峰塔重新整修復建完成，也許《白蛇傳》的故事，也可以有不同的結尾了。

我看《白蛇傳》，看了許多不同版本，有些只演到〈合缽〉，白蛇被法海收服，壓在塔下就結束了。

但是許多民間的版本，加上了〈祭塔〉一段。

〈祭塔〉是延續《白蛇傳》在斷橋腹痛產子此一情節。白蛇生下一個男孩，交給小青，囑咐帶回杭州，交由哥哥嫂嫂撫養，日後長大，要告訴他母親身世。

白蛇被壓在雷峰塔下之後，這個嬰兒，被小青帶回家，由他的伯父伯母悉心照顧，取名許鮫，在某些《白蛇傳》的版本中，也叫做「許士林」。他長得眉清目秀，英氣逼人，讀書也讀得好，聰

穎靈慧。

許鮫懂事後，假託是許仙兄嫂養子，但是，街坊鄰居都知道，他是白素貞所生，便暗地譏笑他：蛇精之子。

兒童之間，常常並無惡意地捉弄同伴，對於大部分的孩子而言，神話、傳說、童話，本來就是光怪陸離，青蛙王子，公主變成天鵝，牛頭的魔王，大樹成精……也許，他們的世界，還沒有像大人這樣嚴謹的歸類。

在法海這一類的衛道者心中，人就是人，獸就是獸，中間界限分明，沒有曖昧混淆之處。但是孩子爛漫天真，反而可以相信，大海裡有美麗的人魚公主。

神話傳說解放了人的幻想，孩子都愛神話故事，如同我小時候，一次一次聽《白蛇傳》，百聽不厭。

但是，覺得自己是大人了，好像越來越接近法海，正經八百，漸漸就失去了天真，也不敢明目張膽地讀神話，彷彿透露了自己的「孩子氣」，有點羞恥。

許鮫入學了，有許多同年齡的玩伴，玩伴們似乎都知道白蛇的故事，又聽大人說，許鮫就是白蛇被壓在雷峰塔下之前生下的兒子。

大夥當然好奇，一定每天圍著許鮫，從頭看到腳，看能不能發現一點神奇的地方。

許鮫在學校受了欺負，朋友同學總是指指點點，說他是：「蛇精的兒子！」

但是從另外一個角度來看，小孩子們大概蠻崇拜「蛇精」的，在他們奇幻魔法的世界裡，一條可以呼風喚雨的蛇，是多麼令人羨慕啊！

所以，小時候聽到這一段，看到許鮫悲傷地跑回家，不肯再去學校，不是完全能夠了解。

也許我們私下，很希望自己是許鮫罷，也常常偷看說故事說得很好的母親，是否露出一點什麼「精」的異狀。

但是小孩們信口開河的天真，當然也傷害了許鮫。

許鮫覺得自己背負了一種罪，一種生下來就和大家不一樣的罪。

他無法解釋，為什麼自己這麼小，就要承受如此重大的罪。

「不同」就是一種罪嗎？

他顯然因此比同年齡的孩子成熟很多，孤獨很多，在其他人嘻嘻

哈哈、打打鬧鬧的年紀，他卻常常一個人坐在角落，凝視著遠遠的雷峰塔孤伶伶的身影，思想著那個「蛇」的母親。

哥哥嫂嫂很疼愛許鮫，但是，沒有辦法幫助他阻擋外面沸沸騰騰的謠言。許鮫像是一個妖魔的兒子，一走出去，所有的人都在指點，甚至有人從很遠跑來看，廣生記藥鋪前，聚集了很多賣吃食的小販。哥哥一生氣，索性結束了營業，遷居到鄉下，讓許鮫可以平靜讀書。

大多在孤獨早熟中成長的孩子，領悟力都特別強吧。別的孩子在幸福順利中成長，沒有創傷，憨憨傻傻，也不會特別敏感。許鮫從小背負的「罪」，使他一直孤獨著，也使他在孤獨中學會思考。

許鮫書讀得極好，一路從秀才、舉人，到十八歲進京趕考，求取功名，一舉中了狀元。皇榜貼出，哥哥嫂嫂高興得相擁而泣。

哥哥嫂嫂一生平平凡凡，也許他們疼愛許鮫，只盼望他也一生平凡順利，但是許鮫的命運，似乎註定了要去挑戰什麼？他在孤獨中歷練出的毅力和耐性，使他堅忍而勇敢，最終在心中存留著一個可以驚動天地的力量——他要去撼動上千年來沒有人敢動搖的雷峰塔。

民間的《白蛇傳》，加入了〈祭塔〉一段，給予《白蛇傳》一個完美的結局。

許鮫中了狀元，穿著大紅大金的袍子，戴著插了花的頭冠，在侍衛僕從簇擁下，回到故鄉。一重一重百姓圍來看，一方面慶賀道喜，一方面仍不免好奇地竊竊私語：「蛇精的兒子中了狀元。」

許鮫見了哥哥嫂嫂，立刻稟明多年的心願，他當著眾人的面說：「我要去拜一拜母親！」

哥哥嫂嫂掩面痛哭，這麼多年，他們怕許鮫受傷，不敢公布真相，但這孩子，一意執著，他說：「母親是蛇，我也要拜一拜。」

許鮫因此帶了香燭清供，領著大隊人馬，前往雷峰塔。

這一天，西湖的天多麼陰鬱，被層層烏雲籠罩著。許鮫一路沉默，一語不發。遠遠四處趕來看熱鬧的人，把通往雷峰塔的路擠得水洩不通。

到了雷峰塔下，許鮫遠遠就下了馬，他一步一步沿台階走上山丘。看熱鬧的群眾，不敢靠近，他們多年傳說，蛇精好像真的已經變成三頭六臂，變成殺人不眨眼的妖怪惡魔。

群眾們不敢發出一點聲音，不知道會有什麼可怕的事發生。

許鮫卻一步一步，篤定地向塔走去。

這是他一生走得最莊嚴謹慎的路，這是要拜見母親的路。在考試、讀書、求取功名的路上，他都輕易成功，但在這條親情的路上，他彷彿覺得每一步都如此沉重。

許鮫看到天空低低壓下來的烏雲，覺得烏雲裡密密濃聚著濕氣，好像許多冤屈壓抑，一時要傾吐發洩。

天空從烏雲中閃下一道雷電的亮光，直直打在雷峰塔上。

許鮫想哭，他望著雷峰塔，望著這從小成為他的惡夢的塔，望著無動於衷的建築，忽然大哭一聲，跪倒塔前，大叫一聲：「母親！」。

天上又一道雷電的光擊，雷峰塔動搖了一下。

大家都看到了，屹立不動的塔動了。

許鮫一拜，塔動了一下；許鮫再拜，塔身傾斜崩裂；許鮫三拜，雷峰塔轟的一聲完全垮掉了。

一片煙障裡，許鮫抬頭，看到母親一身素白的衣裳，淚痕滿面，從瓦磚廢墟中緩緩站起來。

民間給《白蛇傳》加了〈祭塔〉一段，早在雷峰塔崩坍之前，早已使雷峰塔倒下了。民間要讓雷峰塔的權威倒在親情之下，倒在人間至情至性的追求之中。

沒有任何教條權威，可以強過至情至性的力量，不是許鮫拯救了母親，是許鮫心中對親情的執著拯救了白蛇。

《白蛇傳》的故事，或許還沒有結束，會一代一代在人們口中流傳。

〈白蛇故事〉

白蛇典據

《白蛇傳》故事在民間流傳的廣泛，真正做到家喻戶曉，可能沒有任何其他文學作品可以相提並論。

《白蛇傳》故事，一般認為定型於明人話本小說《警世通言》第二十八卷〈白娘子永鎮雷峰塔〉。圖為明刊本該卷篇首。

但是要找一本可以閱讀的《白蛇傳》故事，卻又不容易。

其實，《白蛇傳》的流傳，並不是只依靠文字，更是以口口相傳的方式，在民間傳唱成評話、說書、彈詞，演變成戲劇表演。中國古代，能閱讀的人口太少，文字的影響只集中在非常菁英的上層，廣大的民間聽說書、看戲劇，有另外一套文化傳播的管道。

這也是為什麼，《白蛇傳》的故事並沒有完全定型的版本。口口相傳的故事，總是隨著說書人自己的特性，依據話本原型，發展出不同的細節。戲劇也是如此，同樣一個劇本，因為角色的不同，故事也有了不同的詮釋。

《白蛇傳》的故事，一般考證，都認為源自印度。印

近人趙景深考證《白蛇傳》故事最早可追溯到宋人話本，《雙魚扇墜》的故事，其內容已具備《白蛇傳》故事諸多要素。圖為明刊本《孔淑芳雙魚扇墜傳》插圖。

度教認為宇宙初創，是由兩條大蛇（Nagas）攪動乳海開始。印度教傳到東南亞，十二世紀元代周達觀的《真臘風土記》記述真臘國王有一「天宮」，夜夜登上天宮與蛇精交合，也是人蛇交媾故事的雛形。

印度人蛇的故事不止傳入東亞，也往西方傳入希臘，希臘神話中有拉米亞（Lamia）──拉米亞即由蛇幻化──與青年李休斯（Menippus Lycius）結為夫妻，結婚當天，來了個阿波羅尼亞斯（De Vita Apollonius），識破拉米亞是蛇。

這個希臘神話中，也有《白蛇傳》裡白蛇、許仙、法海三個角色的原型。

《白蛇傳》故事文字的書寫最早出現於《警世通言》第二十八卷〈白娘子永鎮雷峰塔〉，但是趙景深在〈白蛇傳考證〉中，認為《警世通言》的故事來自「宋人話本」，因此把《白蛇傳》視為南宋的產物。

南宋宮廷說書人的話本裡，有《雙魚扇墜》的故事，其中提到白蛇與青魚成精，與「許宣」相戀，盜官銀、開藥鋪，都已具備後來《白

《白蛇傳》流傳民間，深入人心。民國以來，曾幾度搬上銀幕，圖為1962年邵氏公司出品，由影帝趙雷跟影后林黛合演的電影《白蛇傳》海報。（天映娛樂有限公司 提供）

蛇傳》的基本要素。

宋代《太平廣記》的〈蛇類〉中也敘述一男子李黃，邂逅一白衣絕色女子，四日後，身體消為血水而亡。

《白蛇傳》故事的基本元素，似乎在南宋都已準備好了。民間在傳唱話本或戲劇演出中發展《白蛇傳》，等到文人用文字書寫，反而是比較晚的事了。

清代初年黃圖珌的《雷峰塔傳奇》（即「看山閣本」），是最早整理出的文字創作，他只寫到白蛇被鎮壓在雷峰塔下，並沒有產子〈祭塔〉，他對當時民間「白蛇產子」的結尾極為不滿，也反映出，當時確有不同的版本在民間流傳。

之後的陳嘉言父女，把原來三十二齣的傳奇增加改編為六十餘齣。

乾隆年間，因為南巡，方成培改編了三十四齣的《白蛇傳》傳奇，共分四卷，第

舞動《白蛇傳》

84

一卷從〈出山〉〈收青〉到〈舟遇〉〈訂盟〉，第二卷是〈端陽〉〈求草〉，第三卷有〈謁禪〉〈水門〉，第四卷從〈斷橋〉到〈祭塔〉收尾。《白蛇傳》故事的主線綱架大體完成了。而這齣戲的本子，因為有乾隆皇帝御覽的招牌，更使民間趨之若鶩，從士大夫到販夫走卒，沒有人不知道《白蛇傳》了。

清代中期以後，《白蛇傳》是常演的戲劇，以同治年間的《菊部群英》來看，當時演出《白蛇傳》是京、崑雜糅的，但是還是以崑曲為主，〈祭塔〉的部分是京戲，也可以看出，〈祭塔〉產生的時代較晚。

總而言之，《白蛇傳》是民間在長達一千年間集體創作的典範。《白蛇傳》成於南宋，在清代成熟盛行。

《白蛇傳》是經典，但是，《白蛇傳》是否已經定型？卻是很難回答的事。一直到現代，日本、香港都曾經一再把《白蛇傳》改編成電影。台灣不只民間地方戲劇《白蛇傳》久演不衰，現代舞蹈有「雲門舞集」改編《白蛇傳》，現代劇場也有「臨界點劇象錄」改編的《白水》。《白蛇傳》的魅力依然存在，是真正活著的「經典」。

除了電影，《白蛇傳》同為傳統戲曲最重要劇目之一，台灣歌仔戲不時搬演，2004 年端午節前夕，明華園歌仔戲團於台北中正紀念堂廣場戶外演出，轟動一時。（明華園戲劇團 提供）

〈白蛇典據〉

許多民族的神話傳說、童話故事裡，都有人與獸互相戀愛、交配的情節。

在游牧狩獵的時代，人靠捕捉野獸維生，人類既害怕獸，又羨慕獸；獵人殺死野獸之後，常常把野獸的牙齒、爪、羽毛，佩帶在身上，當成飾品，當成榮耀的標誌，甚至幻想自己就是野獸化身，早期人類普遍的「紋身」習俗，也有偽裝成獸的動機。

現代人也愛紋身刺青，是不是仍然在心靈深處隱藏著

中國《山海經》裡的「禺彊」，他是北海海神，人面鳥身，雙耳穿兩條青蛇，雙爪也纏繞有兩條赤蛇，據說面色黧黑，乘駕雙龍而行。

未消失的「獸」的本質？

孟子說：「人之異於禽獸者幾希？」成為文明人之後，人類似乎一直關心著：我和野獸的差別到底有多少？孟子好像要努力分別人與野獸那一點點的不同。但是，神話、傳說和童話卻剛好相反，經常不斷用故事告訴我們：人類身上野獸的部分並沒有消失，人常常會顯出野獸的原形，人

15 世紀末，西洋旅行家傳說中的印度人面獸身怪物，有獅子身軀、人頭、蠍子尾巴，口中有三排牙齒，聲音柔軟如笛。

對自己身上野獸的部分又愛又怕。

埃及有大家熟悉的獅身人面，事實上，埃及的神、羊頭人身、狼頭人身、豹頭人身、鳥頭人身和鱷魚頭人身等等，幾乎全是人與獸的雜交。

希臘神話充滿人與獸的交錯關係。人馬獸，上半身是人，下半身是馬，常在希臘古雕刻中出現；希臘的牧神，下半身是羊，頭上也有羊角；希臘萬神之神宙斯，常常變身為動物去談戀愛，他變身為天鵝和美女麗達交配，又變身為白牛劫掠美女歐羅巴。這些圖像一再出現在西方美術中，人與獸的關係始終糾纏不清。

古老印度的兩大史詩《摩訶婆羅達》和《羅摩衍那》充滿神與野獸的複合造型，影響了整個東南亞洲的藝術，事實上，《羅摩衍那》中的猴王就是孫悟空的來源，而《白蛇傳》的蛇也從印度傳入。

大人的世界總是要把人與獸分得清清楚楚，害怕人與獸的混淆。但是在小孩子的童話世界裡，青蛙王子、人魚公主和蜘蛛美女都隨處可見，人與獸似乎沒有清楚界線。

民間創造的《白蛇傳》正是對人與獸界線的顛覆挑戰，大家讀完故事，竟然都愛上了蛇，卻對人的「人性」有了質疑。

希臘神話最有名的人獸交配故事，當屬「麗達與天鵝」：風流成性的天神宙斯看上了美艷的麗達，遂化身天鵝引誘。圖為法國作家 Valentin Le Campion 以此神話為主題的木刻作品。

人類在文明初始的階段，常常幻想自己的祖先不是人，而是動物，是天上飛的鳥，是河裡游的魚，是地上的走獸，像虎，牛，羊，熊，或者⋯⋯蛇。

因此，早期人類的藝術，常常出現動物的形象，就像中國上古青銅器上的「獸面紋」，或稱「饕餮」，看起來猙獰凶惡，但其實是祖先的原形，睜著兩個圓圓的眼睛，看著後代子孫，負有保護後代子孫、祝福後代子孫、監視後代子孫的使命。

這一類的動物圖像，和一般的動物造型不一樣，是祖先神靈的象徵，被稱為「圖騰」。

選擇一種動物來象徵祖先的神靈偉大，大概有不同的原因。人類渴望能飛翔，鳥就成為祖先圖騰的符號，商朝人的祖先傳說是簡狄在曠野吞食鳥蛋懷孕的，《詩經》也說：「天命玄鳥，降而生商。」商朝人就以鳥作為符

在中國古老傳說裡，女媧和伏羲氏這兩位人面蛇身的神祇是中華民族的始祖之一，他們創造了天地宇宙。圖為漢代畫像石造型。

舞動《白蛇傳》

號,成為鳥圖騰的民族。

老虎、熊、獅子、象,都威力強大,或有尖牙利爪,可以致人於死地,因此也常被選擇做為祖先圖騰。黃帝稱「有熊氏」,似乎還遺留著「熊圖騰」的線索。

蛇也是常見的圖騰,蛇看起來柔弱,卻有毒牙,置人於死地的方法,神秘而快速。因此,在人類初期文化史中,充滿蛇圖騰的象徵。蛇的身體富於變化,可以盤曲、流動、起伏,人類觀察

蛇圖騰流傳在世界各民族之間,台灣原住民中,排灣族是最典型的蛇圖騰族群,圖為其手工陶碗上的蛇雕圖騰。 (杜銘章 攝)

無獨有偶地,印度教神話傳說,宇宙初創,也是由男女兩條大蛇(Nagas)攪動乳海開始的。圖為印度神廟中此神的石雕造型。

到之後，便轉化成各式各樣的幾何裝飾圖案。

許多人認為，中國上古最大的兩個圖騰是「鳥」與「蛇」。隨時代演變，鳥圖騰被賦予神聖色彩，轉化成「鳳」；蛇圖騰也隨時間演變，轉化成「龍」，在中國美術史上，無所不在，代表了統治、權威、尊貴，華人以「龍的傳人」自居，民間過年都要舞龍，但已忘了「龍」來自「蛇圖騰」的原型。

台灣許多原住民美術中有蛇的圖騰符號，排灣族更是典型的蛇圖騰族群。直至今日，排灣族的石板屋上、搗米的杵臼上，都常常雕刻蛇的造型，也可以在他們的衣飾、帽飾上看到蛇的圖案裝飾。

蛇圖騰裡可能存留著人類對蛇又崇拜又畏懼的心理，祖先已經死去久遠，但是祖先的神靈似乎又無所不在，好像流在後代子孫血液中，

「九頭人面獸」是中國上古傳說，其造型也與「蛇」脫離不了關係，圖為山東漢代畫像石所見者。

蛇的意象也會不斷借助文學、美術、戲劇，一再重回人間。西方基督教伊甸園的蛇，印度創世神話中的蛇（naga），中國的《白蛇傳》，台灣的《蛇郎君》，都還煥發著蛇圖騰的魅力。

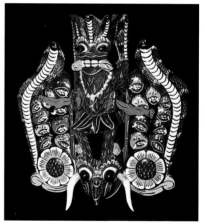

南亞地區是世界上著名的眼鏡蛇繁殖地區，以此為圖騰的民族也格外多，圖為斯里蘭卡的眼鏡蛇面具，色彩鮮豔，造型華麗，威猛逼人。（杜銘章 攝）

西方基督教《聖經》中的蛇，來自希伯來傳統，《舊約》描述人類的始祖亞當、夏娃居住在伊甸園，無憂無慮，沒有是非善惡的煩惱，沒有性的慾望，沒有愛，也沒有恨。伊甸園中有一棵樹，叫做知識之樹，樹上結滿果實。上帝耶和華讓亞當和夏娃住在園內，可以享有任何東西，只有一項禁忌——就是知識之樹上的果實不能吃。如此過了很久，園中有一條蛇，引誘夏娃去吃樹上的果子，夏娃吃了一口，發現自己沒有穿衣服，全身裸露，覺得羞恥；接著又引誘亞當也吃了禁果，亞當發現自己裸體，有了慾望。他們因此觸犯上帝禁忌，犯了罪，被逐出伊甸園。

基督教這一段《舊約》的故事，說明人類都是亞當和夏娃的子孫，也都犯有「原罪」。因此基督教有一個儀式，嬰

《聖經》乃至基督教傳說中，常常可見毒龍蹤影，無論是長了翅膀或頭生牴角，也都看得到「蛇」的蹤影。

《聖經·創世紀》中，誘惑夏娃吃下知識樹上蘋果的那條蛇，可說是基督教傳統中最著名的一條蛇了。數千年來，繪畫描摹者不計其數。圖為中世紀版畫中的伊甸園故事，造型古樸，饒具拙趣。

〈白蛇典據〉

兒一生下來就要接受「洗禮」，表示洗去原罪。

基督教的傳統把蛇當作引誘犯罪的象徵，是和神對立的魔鬼。《聖經》上也說到，蛇因為引誘人類犯罪，所以被神處罰，沒有腳，必須要用腹部在地上行走。

基督教美術因此也出現了許多人頭蛇身的圖畫，和中國人頭蛇身的圖騰造型相同，卻產生不同的意義。

在中國和東方文化中，常常蛇、龍不分，也多具有呼風喚雨的神秘力量，《白蛇傳》更是經過民間美化，創造了美麗、溫柔、正義、多情……集美

善於一身的白蛇形象。基督教帶給西方的則是一條近乎陰險邪惡的蛇，引誘人犯罪，引誘人墮落，引誘人受苦，是魔鬼化身。

不同的文化，對同一種動物，產生了不同的詮釋。基督教使人害怕蛇、討厭蛇、仇恨蛇，《白蛇傳》卻使人愛戀蛇、崇拜蛇、同情蛇、尊敬蛇。

西方傳統之中，「龍」往往代表邪惡力量，圖為傳說中的兩腳龍，細看其造型，很容易就可知道，當是從「蟒蛇」脫胎而來的。

舞動《白蛇傳》

92

在《白蛇傳》故事中，白蛇修行了五百年，終於修成了女身。在東方傳統的觀念裡，男尊女卑，修成女身，好像意味著修行修了一半，並沒有完成。

但是，如何才是修行的完成呢？

修行成女身之後，再修成男身。

那麼，男身就是修行的完成了嗎？好像也不是。男身之後還要修成仙，成羅漢，成菩薩，成佛，修成涅槃。

修行是無止境的自我修正吧！真正的修行，好像並沒有完成的一天。

民間有許多故事，彷彿在勸人修行，而這些故事中，又隱含著修行的艱難，隱含著修行的半途而廢，隱含著修行的失敗。

修行應該是要領悟生死的，修行也要了卻愛恨，修行更要放下人世一切慾

修行寓意「自我修正」，必須了卻愛恨，放下牽掛，好證涅槃。圖為北魏雲岡石窟圖案，大樹下盤腿趺坐的修行人，或已成佛，其意態從容自得，讓人羨慕。

〈白蛇典據〉

念，放下種種牽掛和眷戀。

白蛇修行了五百年，修成女身，因為女身，她動了凡心。五百年的孤獨苦修，不算艱難。她真正的修行，從有了「女身」開始。她在深山裡的修行並不辛苦，真正辛苦，是在人世修行。白素貞來到人間，她的修行才剛開始。她要受愛慾折磨的苦，她走向人間，五百年的苦修，半途而廢。她在人世間貪歡痴愛，無以自拔。

民間流傳的《桃花女鬥周公》，也是修行失敗的故事。桃花樹修行，成了女身。接著來到人間，與男子相戀。周公如同法海和尚，代表儒家道德，認為桃花女是妖精，便以法力制服，並指責她：「為何不好好修行，亂動凡心。」桃花女大難臨頭，卻無怨無悔地說：「我情不自禁！」

在民間故事中，大家同情白蛇，同情桃花女，討厭法海和尚，討厭周公，其實是討厭修行變成了教條。也許，民間知道：修行的艱難辛苦，正是因為「情不自禁」，而修行的大痛，也正是人間有這麼多放不下的牽掛眷戀。

我們要到哪裡修行呢？走

蛇經修行，才能成人；人經修行，方能成佛。釋迦牟尼於菩提樹下修行時，傳說有眼鏡蛇王不時保護著他，這則著名的修行故事深深影響了東方文化。圖為典藏於巴黎居美（Guimet）美術館的吳哥窟石雕。盤蛇而坐、閉目修行的柬埔寨國王，頭上同樣也可見到有蛇在護衛這個微笑中的修行者。（蔣勳 攝）

向雲深不知處的高山大澤，走向不食人間煙火的虛無縹緲之境？走向遠離塵俗的寧靜寺廟、修道院、禪堂？還是，如同白蛇，走向人間，走向人世的貪、嗔、癡、愛，在一切捨不得放不下忘不了的人世情緣裡，修最艱難的苦行？

《白蛇傳》是一部開示修行的書，而真正的修行者，好像不是法海，而是白蛇。

《白蛇傳》故事流傳東亞，不但中國，日、韓民間也盛傳著由白蛇修行成人的「白夫人」傳奇。圖為1956年，由李香蘭（山口淑子）與池部良合演的《白夫人的妖戀》電影海報。

〈白蛇典據〉

95

《白蛇傳》原來是民間傳說，但是久而久之，說故事的人，把情節逐漸融入生活的現實環境，使聽故事的人感受到故事的真實性。

《白蛇傳》的背景在杭州西湖，白蛇與許仙初次相遇，即在西湖「遊湖」，也有人認為就在「斷橋」，斷橋是他們定情之處，也是最後分手之處。白蛇被法海制服後，壓在雷峰塔下受苦，雷峰塔也在西湖。《白蛇傳》的故事和西湖結了美麗的因緣。西湖的風景使《白蛇傳》

的傳說有了具體的背景，《白蛇傳》的故事也為西湖風景增添了神秘悽婉的色彩。

唐代大詩人白居易在西湖修築白堤，北宋蘇軾又修築蘇堤，原本是為了疏濬水利，清理湖中葑泥，堆成堤

「上有天堂，下有蘇杭」，杭州之美，無過於西湖，西湖之美，經過歷代文人雅士的題選，而有了所謂的「十景」，此十景也成了民間遊覽景點的代表。圖為清代年畫中所描繪的「花港觀魚」逛花船景致，熱鬧而俗豔，與一般想像中的「空靈的西湖」大不相同，似乎已預言「觀光西湖」的來臨了。（王樹村 提供）

舞動《白蛇傳》

壩，卻意外為西湖造景。到了南宋，定都臨安，西湖成為政治經濟中心，人文薈萃，詩人畫家不斷以西湖為創作主題，使西湖成為近一千年來中國最重要的文化景觀，《白蛇傳》傳說也正是在這一千年中和西湖的景觀一起發展起來。

西湖的風景歷經詩人指點，畫家品題，在南宋已經逐步歸納出「十景」，分別是：斷橋殘雪，平湖秋月，雙峰插雲，南屏晚鐘，柳浪聞鶯，蘇堤春曉，三罈印月，花港觀魚，曲院風荷，雷峰夕照。

有些人性急，去一次西湖就希望看完十景。這時候要跟他解釋：「一天看不完十景。」他就說：「那一星期呢？一星期看得完十景嗎？」「一個月呢？一個月看得完十景嗎？」

或許，性子太急，看不完西湖十景。

西湖十景，並不只是十個空間，也同時是不同的季節，不同的時間，不同的生命狀態，不同的聽覺、視覺、與心境交融的領悟吧！

「斷橋殘雪」在白堤始端，寒冬大雪紛飛，遠看被雪覆蓋的長橋，似斷未斷。「平湖秋月」當然是秋夜月光下的西湖，水波不生，水

西湖十景中，「三罈印月」常被誤為「三潭印月」，此處之「罈」，其實是指湖中的三座小石塔。明刊本木刻插圖，明明畫得很清楚，可還是題署成「三潭印月」了。

天一色,平如明鏡。「蘇堤春曉」是初春清晨,煙霧迷濛,蘇堤上點點初綻的翠柳與桃紅。「曲院風荷」是在夏日湖邊酒坊微醺,感覺荷葉荷花在陽光風中翻飛。這四個景,是分散在四季的,就算待一年,也未必都能遇到。

西湖十景有些專講聽覺,「南屏晚鐘」是靜聽南屏山淨慈寺遠遠傳來的鐘聲。「柳浪聞鶯」是在春天走進翻飛如浪的柳樹林,聽黃鶯一群群細細地啁啾呢喃。

「花港觀魚」是在浮滿落花的水岸看魚的潛躍浮游,「雙峰插雲」是在雨前密雲滿佈時,看雲端南、北插雲的雙峰。「雷峰夕照」是在傍晚看西邊雷峰塔影,看瞬息萬變的夕陽餘暉。

「三罈印月」特別難懂,這是座落在小瀛洲水面的三罈石塔,石塔中空,可以照明,塔身上鑿五個圓孔,像雕空燈罩。十五個圓形燈影,像月圓月暈,倒影在水中。若逢中秋月圓,月影與燈影交錯,真假難分,彷彿印證心事。

假作真時真亦假,真作假時假亦真。「三罈印月」,好像已經不只是在強調觀賞外在風景,也更是迴向內心的領悟吧。

西湖十景是風景,也是心境。

「四面空波捲笑聲,湖光今日最分明」,昔人西湖竹枝詞所描寫的湖景,在今日彷彿依然能得,此或即西湖魅力所在。

中國傳統的才子佳人故事，兩人相見結緣，常常藉一物件來串聯，叫做「信物」。信物多半是女子貼身的珍貴飾物，如《長生殿》故事裡的金釵，《拾玉鐲》戲劇裡的玉鐲。

在《白蛇傳》故事裡，白蛇、許仙從〈遊湖‧借傘〉開始，「傘」就成了他們定情結緣的信物。

傘是民間生活中避雨遮陽的工具，和貴重的金釵、玉鐲不同，用傘作信物，有一種民間的樸素平凡，好像白素貞的心事，一心一意，只要和許仙做平凡恩愛夫妻。

民間又有一種忌諱，通常傘是不能作禮物的。「傘」與「散」諧音，暗示「分散」，是不祥的預兆。

白蛇、許仙以傘結緣，似乎也預告了這一段美麗愛情，將以分散作終結。

杭州西湖自古以傘業聞名，古代以當地產的香竹製作傘骨，取其堅韌彈性，易於開合。而覆以綢布作傘面，再染成不同顏色。講究的還畫上些花卉山水人物圖案。下雨天，西湖岸邊，遊人手各一傘，妊紫嫣紅，別是一番風景，白蛇、許仙也就在這樣的情景裡相遇了。

傘在傳統《白蛇傳》裡是信物，在雲門舞集的舞劇中更是重要道具，許仙藉此做出許多難度甚高的身段。

清代年畫中所描寫，白素貞與許仙，從遊湖、借傘、定情到成親的過程，清楚說明了「傘」在這一段人蛇姻緣之中的重要性。

〈白蛇典據〉

傘

在《白蛇傳》故事中，許仙的哥哥嫂嫂在杭州城裡開了一家中藥鋪。

中藥，或稱漢藥，是世界醫藥系統裡獨特的一個系統。中醫漢藥，把人的身體視為一個完整的宇宙，人的五臟，也就如同外在世界，由金、木、水、火、土五種元素構成。這五種元素相生相剋，互相牽制，也互相彌補，構成一種微妙的平衡。

以中醫的理論，身體有病，也就是失去了平衡。

在這種醫藥哲學的觀念影響下，中醫講究調養，一般人常常聽到的「腎水不足，肝火上旺」，就是以水火互補的關係，來看待腎與肝的相互調養。

因此，依中醫的理論，萬事萬物沒有不能

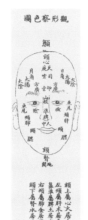

圖色察形觀

中醫以「望聞問切」為診斷手法，「察顏觀色」因此非常重要。圖為清刊本《東醫寶鑑》所附的「觀形察色圖」。

入藥的。植物、礦物、動物，都是藥材。植物的根、莖、花、葉、皮和種子，性質不同，功效也不同；同樣，動物身上的每一個部位，也都各有不同的功能，犀牛的角、老虎的骨頭、烏龜的甲，甚至在昆蟲類當中，蟬蛻的蛹、蠍子的殼，只要對症，也都可以入藥。

醫生開了藥方，要到藥鋪去抓藥。中藥鋪是傳統街市的一種特殊景觀，高高的門面，門上掛著匾，黑漆金字，常有「同仁堂」「廣生記」這一類字號。

中藥鋪最特別的是櫃檯後面一排大櫃子，有的直做到屋頂那麼高，每一個櫃子都設置了許許多多抽屜，數目

多到上百,這些抽屜就是用來放置藥材的,分門別類,每一個抽屜上都用端正漢字註明藥材的名目,如:雄黃、川貝、枸杞、肉桂、辛夷等等,抓藥時,便一一打開抽屜,按藥方註明的分量,用小秤稱了,再用紙包起來。

中藥鋪因為貯存了許許多多藥材,有一種藥香的氣味,瀰漫在空間裡,常常成為孩子童年揮之不去的記憶。

典型的中藥鋪,四壁矗立著大大小小的浸泡藥酒、藥材,櫃臺後面則是分隔整齊的藥櫃,每一個小抽屜放置一種藥材,多至上百個。因為藥材眾多,空氣裡長年瀰漫著一股藥香氣味。圖為台北老街裡的中藥鋪鳥瞰詳圖。(彭大維繪,遠流台灣館 提供)。

端午節有非常悠久的傳統，是華人世界最重要的節日之一，甚至也影響到日本、韓國這些國家。

一般人都相信，端午節是為了紀念屈原。屈原被讒言所害，自投汨羅江而死，當地百姓感念他的偉大，划船尋找他的屍體，逐漸發展成民間端午龍舟競渡的活動；百姓又擔心江中魚蟹會吃掉屈原的屍體，因此用竹葉包了許多糯米粽子丟在水中，希望能引開魚蟹，保全屈原的身體，家家戶戶包粽子、吃粽子，也就成了端午節重要的習俗。

事實上，許多學者考證，端午節的習俗，並不是從屈原開始，民間的龍舟競渡，包粽子的習俗，可能比屈原還早就已經存在。只是後來逐漸演變，把紀念屈原和端午節習

端午節是華人世界最重要的節日之一，「划龍舟，賽端陽」幾乎是不可缺少的節目。圖為楊柳青年畫中所見的賽龍舟景況。

中國北方端午節習俗，需以虎形剪紙，貼在艾葉之上，俗稱「艾虎」，讓兒童配戴，據說可辟邪。

端午節

辟邪除疫的意義，暑熱易生毒蟲，喝雄黃酒之外，還要在大門上掛菖蒲、艾草。菖蒲像劍，象徵斬妖除魔，艾草是治病最重要的藥材，都是為了辟邪祟。也可以說，端午節是民間清除環境、講求衛生保健的節日。

俗合併在一起。就像《白蛇傳》的情節，白蛇喝了雄黃酒，現出原形，端午節本來就有喝雄黃酒的習俗，只是加入《白蛇傳》的故事，更使人印象深刻而已。

雄黃是一種礦物，色橘黃，氣味辛辣。民間在夏季暑熱的端午節，為了驅蟲辟邪，把雄黃研成粉末，調在米酒裡，喝了可以除病。兒童不能飲酒，就用筷子沾了雄黃，在額上寫一「王」字。喝剩的雄黃酒，灑在屋角床下，也可以使毒蟲不敢靠近。《白蛇傳》也就利用這一民間習俗，使白蛇現出原形。

端午節是一年中進入暑熱的節日，其實原始的習俗有

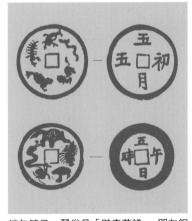

端午節又一習俗是「辟毒花錢」，即在銅錢正面鑄寫「五月初五」或「五日午時」等字樣，背面則刻畫「五毒」（蛇、壁虎、蜈蚣、蠍子、蟾蜍或蜘蛛）圖樣，佩戴在身邊，一樣可以驅毒辟邪。

〈白蛇典據〉

白蛇經過修煉，修成了人身，但是，她的原形是蛇，一喝了雄黃酒，就要現出原形。

依照「進化論」的觀點，人類是從動物進化而來，人類身上遺存著動物的原形。

現代心理學也相信，人的構成並不單純，佛洛依德認為，人有「本我」，也有「超我」；「超我」如果是自己嚮往的完美狀態，「本我」也許就是更貼近動物本能的自我吧！

儒家哲學說「超凡入聖」「去人慾，存天理」，都是諄諄教誨，急於去除動物性的本能慾望，使人性提升到完美的「超我」狀態。

西方現代心理學卻重視誠實面對

日本傳說中的蛇妖「濡女」（一稱雪女）的原形，人首蛇身，雙爪尖利，舌頭特長，捲吐即可致人於死。按照中國傳說，這是修煉不足，所以還未能全化人形。

「本我」的部分，心理分析學派的文學藝術，也都著重分析解剖，試圖更深入挖掘人類內在動物性的本質。

每一個人的身上，或許，都隱藏著一個動物的原形，也許自己知道，也許自己不知道。原形偶然出現，可能會嚇一跳，平日維持的禮教，可能會忽然瓦解，人性的信仰，可能會一旦崩潰。但是，原形的出現，也可能使一個人更了解自己，更能認識自己的本質，與自己相處。

許多神話故事的動物原形，隱藏著非常現代的意義，需要重新解讀，重新詮釋。《白蛇傳》的蛇，特別具有人性原形的象徵，白蛇的現出原形，也特別透露出人的內在潛藏的強烈動物本質。

白蛇的現出原形，也同時逼問了每一個人：我的原形是什麼？我敢面對自己的原形嗎？

明刊本《警世通言》〈白娘子永鎮雷峰塔〉插圖：白素貞喝下雄黃酒，不支倒地，現出原形，嚇得許仙奪門而出，跟蹌奔逃。

金山寺在鎮江市，原來是長江中的一個孤島，被稱為「江中一朵芙蓉」。晉代就在島上修築寺廟，成為習靜學佛的禪堂。唐代傳說在島上發現金礦，因此名為金山。歷代擴建的廟宇，殿臺樓閣，幾乎遮蔽島上山丘，重重疊疊，見寺而不見山垛。民間也流傳諺語：「金山寺裏山」，表示金山寺的宏偉壯闊，把山都遮蔽了。可見金山寺香火之盛，已成為歷史名剎。

宋代有許多佛印和尚與蘇東坡參禪的公案故事，也都發生在金山寺，使金山寺更為著名。

當然，金山寺成為家喻戶曉的寺廟，還是要靠《白蛇傳》故事的廣為流傳。

連小孩子都知道：金山寺有個法海和尚，把許仙關在廟裡，強迫他修道；許仙的妻子白蛇因此發動「水漫金山」。在《白蛇傳》的戲

金山寺本來是長江孤島上一所歷史名剎，因為《白蛇傳》裡「水漫金山寺」情節，更加聲名大噪，香火鼎盛。圖為清代年畫裡所見的「金山寺」，殿閣廳堂，層樓相望，叢林風光，盡入眼簾。

曲中，〈水漫金山〉的舞台上有蝦兵蟹將跌打翻滾、舞槍弄刀，是小孩子最愛看的一段。

宋元以後，金山寺隨著《白蛇傳》故事的流傳，越來越有名。到金山寺現場遊玩，看孤山聳立，大江東去，水波洶湧，也還是會想起白蛇「水漫金山」的場景。

清同治年間，因為長江改道，金山與南岸陸地相連，已經不再是孤島，但只要《白蛇傳》的故事存在一天，金山寺的波浪滔天仍然會在許多人腦海裡迴旋，好像白娘子的愛恨情仇一樣洶湧澎湃。

〈白蛇典據〉

許仙在《白蛇傳》的故事裡，看起來是最沒有個性的一個角色，也不容易對他有強烈的印象。白蛇敢愛敢恨，性格鮮明，為了自己所愛之人，可以赴湯蹈火，熱情而勇敢，是容易讓人敬仰愛慕的角色。法海固執於他的道德理念，不近人情，使很多人討厭他，但不得不承認他也是性格強烈，也同樣使人印象鮮明，形成和白蛇對比的張力。青蛇雖然分量不重，好像只是白蛇的陪襯，但是她的正義勇敢，也一樣形象鮮明。

對比起來，《白蛇傳》裡性格最模糊的就是許仙。

看《白蛇傳》的時候，常常會疑惑：許仙到底愛不愛白蛇？如果愛，為何白蛇一現出原形，許仙就求救於法海，棄白蛇生死於不顧？如果不愛，他為何又自怨自悔，總是覺得對不起白蛇？

也許，許仙性格上的模糊搖擺，正是人性本質存在的兩難吧！

白蛇與法海是極端對立的兩個角色，所以性格鮮明。然而，我們大

許仙個性懦弱、模稜兩可，一改中國傳統「男性」定義。相對地，女主角白素貞敢愛敢恨、性格鮮明，也顛覆了傳統柔弱依人的女性角色定位。《白蛇傳》大受民間歡迎，與此不無關係。圖為清刊本《雷峰塔傳奇》插圖，許仙跪地向白素貞求歡。

部分的人，可能不會像白蛇那麼執著於愛情的絕對，也不會像法海那麼固執於道德教條。其實，大部分的人都是許仙，在夢想與現實間搖擺，在慾望與道德間搖擺，在堅持與妥協間充滿了兩難的矛盾。

白蛇疼愛許仙，但又怨怪許仙對愛不夠堅持；法海保護許仙，但也指責他心軟懦弱。

許仙像絕大多數人，在兩難的矛盾間，猶豫徬徨，正是真實人性最貼切的寫照。

我們不喜歡許仙嗎？也許我們是不喜歡面對太真實的自己吧！

對於白蛇來說，許仙無論如何懦弱搖擺，她愛定了他，她的愛絕對純粹到沒有雜質，所以使許多人感動。

然而許仙做不到。許仙事實上面對著兩個愛人，一個是白素貞，另一個是白蛇；他可以愛白素貞，但他無法面對白蛇。這個矛盾事實上的確存在。許多人看《白蛇傳》，會指責許仙的無情無義，但是，我們很少問自己：如果愛人是蛇呢？我們還會義無反顧地愛對方嗎？

許仙的軟弱，套用在自己的身上，往往就有了較深的人性反省。

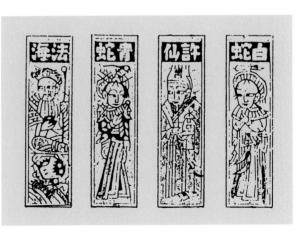

清代流傳民間的楊柳青人物紙牌，造型拙趣盎然，許仙的「懦弱」、白素貞「剛強」，躍然紙上。

〈白蛇典據〉

《白蛇傳》裡跑出一條青蛇是頗為耐人尋味的。在不同版本的《白蛇傳》中，青蛇的角色略有不同，在較為現代版本的《白蛇傳》中，青蛇這一個角色，也彷彿預留了許多可以重新詮釋發展的空間。

白蛇與青蛇，情同姊妹，誼屬主僕。傳統裡均將小青塑造為白素貞的隨從。圖為清代戲齣版畫中的兩蛇武裝造型，一配劍、一持槳，準備欲法海水門。

最傳統的版本，青蛇也修煉成女身，一襲青衣青衫，跟隨在白蛇身邊，忠心耿耿，護衛主人，安分做一名盡職的婢女。

我看過一齣川劇的《白蛇傳》，劇本大為不同。青蛇也是蛇，但卻是由男人扮演。這條修煉成男身的青蛇，因為與白蛇比武輸了，情願做白蛇的奴僕，一生服侍白蛇。不過白蛇是女身，一個將要到人間紅塵去經歷繁華的女子，身邊跟著一個粗壯的男僕，在古代禮教森嚴的倫理社會中，似乎有點不便。於是青蛇就決定轉化為女身，做白蛇的奴婢丫頭。

舞台上川劇男演員一轉身，變了臉，孔武有力的男人，款擺腰肢，扭扭捏捏，變成旦角身段，儼然是美麗姑娘。

雲門舞集在七〇年代新編的《白蛇傳》舞劇，改變最大的就是青蛇這一個角色。

編舞者林懷民認為：青蛇是一名獨立的女子，她和白蛇一樣，經過長時間修行，也有人間的渴望，她也正值青春年華，有愛情和慾望的追求。

因此，在雲門舞集的《白蛇傳》中，青蛇不再是白蛇的「配角」。她一方面是白

蛇的婢女，但也有獨立自主的個性，追求自我愛情的自由，在〈遊湖‧借傘〉這一段，白蛇遇見了心愛的男人許仙，青蛇也同樣愛上他。

雲門舞集的〈遊湖‧借傘〉，打破了傳統《白蛇傳》白蛇一人做主角，青蛇做配角，亦步亦趨的模式。在舞台上，許仙、白蛇和青蛇，展開一場激烈情愛的三人舞。

也許未來《白蛇傳》還會發展出更多不同的版本。

對於古典傳統《白蛇傳》的愛好者而言，大概不能想像一個奴婢可以和主人小姐爭奪愛人。在長期穩定封閉的倫理體系中，階級倫理可以相信青蛇只是奴婢，奴婢只能安分做奴婢，不會有非分之想。

雲門舞集的《白蛇傳》，顯然不相信傳統。對林懷民而言，青蛇首先是一名女性，而不是奴婢。他賦予青蛇一名正常女性應該有的性格。

神話故事往往是一種人性原型，因此，長達數千年之間，依據原型，可以不斷在特殊時空及社會背景下演繹出不同的版本。

青蛇在雲門舞集舞劇中的改編，顯然反映了時代倫理價值的巨大變化，這樣的變化，將繼續出現在不同的《白蛇傳》改編作品當中。

原型不會消失，卻等待新一代的創作者提出更新的挑戰。

自從七○年代「雲門舞集」賦予小青獨立人格之後，青蛇「先是女性，後為奴婢」這一定位，幾乎成了藝術界的共識。九○年代徐克拍攝的電影《青蛇》便強調許仙（吳興國）與小青（張曼玉）也有著曖昧的情慾關係。（思遠影業公司 提供）

〈白蛇典據〉

斷橋，很奇特的名字，橋怎麼會是斷的？崑曲裡的〈斷橋〉一場戲，講白蛇與許仙愛恨糾纏，悽婉幽怨，情深至此，似斷不斷，使人迴腸盪氣。許多人都記得白蛇唱詞：「看到斷橋橋未斷，我寸腸斷」，甚至以為白蛇許仙在此定情，又在此分手，因此名為斷橋。事實上「斷橋」的名稱唐代就有了，只是民間講白蛇故事，把現成的名字拿來用，又用得恰到好處，也使斷橋譽滿天下。

唐代的斷橋是石橋，橋上有亭子，下雪的時候，亭子的簷角承住雪花，以致橋面上沒有雪，遠遠望去，一片白茫茫，只有橋中央一線黑，像橋樑斷裂一般，因此俗稱斷橋。

宋代重修，稱保佑橋。元代再重修，稱段家橋，「段」與「斷」同音，也可能加深了「斷橋」在民間流傳的因素。

「斷橋殘雪」是西湖十景之一，主要是賞雪景。自古以來，文人常說：晴湖不如雨湖，雨湖不如月湖，月湖不如雪湖。文人遊西湖，領悟到西湖晴天不如雨天美，雨天又不如月光下游湖，而最美的西湖其實是在大雪紛飛的寒冬。「斷橋殘雪」因

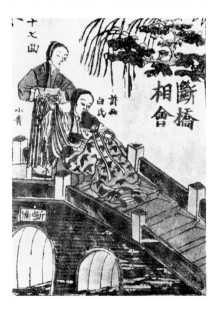

「斷橋」是《白蛇傳》的高潮之一，愛恨糾纏，淒惋幽怨，緣將盡而情未了，盪氣迴腸令人悲。圖為清代桃花塢年畫所見的「斷橋相會」場景。

此彷彿成為文人的心事，一片素白，潔淨無垢，沉靜空靈，看斷橋，賞殘雪，生命知道有缺殘斷裂，但也可以在殘斷中看到美。

「斷橋殘雪」也有不同的說法，張岱的《西湖夢尋》是清初寫西湖最好的書，張岱認為「殘雪」指的不是雪，而是月光。因為白堤上遍植桃柳，月夜之時，月光透過樹葉空隙，在橋下晃樣，像殘雪浮蕩，張岱說：「漏下月光，碎如殘雪。」因此名為「斷橋殘雪」。

因為《白蛇傳》淒美的故事，「斷橋殘雪」遠遠超出了實際地理景觀的範圍，為人們需要安慰的心靈開拓了無窮盡的美學空間。

斷橋位於白堤之上，唐代即有此橋、有此名，民間將其用入白蛇故事，恰到好處，宛如天成。橋以事傳，更加有名了。圖為二十世紀初期的斷橋老照片。

「斷橋殘雪」是著名的「西湖十景」之一，有人說殘雪是雪；有人說殘雪指月光，莫衷一是，更增遊趣。圖為明刊本所見「斷橋殘雪」圖景。

〈白蛇典據〉

113

在《白蛇傳》裡，法海和尚手中有一只缽，這只缽是收妖的法器，京戲裡有一場戲叫〈合缽〉，就是法海把白蛇收服在缽裡。

缽，最早應該是印度佛弟子四處化緣乞食的食器，梵語稱「缽多羅」。《楞嚴經》稱「應器」，質地有鐵製和陶製兩種，色澤及容量都有規定，是修行人依靠乞食過清貧生活的重要器皿。用今天的話來說，缽也就是飯碗。

日後在崇奉佛教的地方，缽被美化，並奉為具有特別法力的法器。製作的材料越來越講究，形式也越來越精美，自然不會再用來乞食。

今日的佛寺裡也在案上供有缽，多半為青銅製作，形式如碗，但也用來做誦經梵唱的伴奏樂器。

法海把缽作為降妖法器，用來收服白蛇。缽似乎有點像武器。民間有時會誇張法海的殘忍，說他對著缽內蜷縮的白蛇，冷冷地笑道：不一會兒，妖孽就要化為血水，永世不能超生。

法海手中的缽，冷酷而威嚴，已經和原始佛教慈悲謙遜、用來乞食的缽很不一樣了。

缽是僧人的「食器」，也是「法器」。在白蛇故事裡，卻成了法海的「武器」。圖為台南馬公廟的白蛇傳壁畫，法缽凌空，白蛇驚慌走避。出自國寶級藝師潘麗水之手。

（康鍩錫 提供）

由於在《白蛇傳》故事中，最後白蛇被法海鎮壓在雷峰塔下，因而這座位於杭州西湖邊的千年古塔，也就沾染了神秘的色彩。

雷峰塔傳說建於五代吳越王錢俶時代，是他的一位妃子迎接印度釋迦牟尼螺髻髮舍利，特別在雷峰上建塔供養。這座塔建於西元九五七年，已經有一千多年歷史。

塔，梵語「Stupa」，是專為供奉人骨舍利的建築。釋迦牟尼寂滅後，相傳佛骨舍利分散四方，數量多到八萬四千。信徒都以供奉舍利乞求平安功德，舍利塔因此等於僧人的墳塚，印度最初的舍利塔造型也像一堆圓圓的墳塚。在許多早期佛教藝術雕刻的圖像上，常以舍利塔代表佛陀，受信徒禮拜，而不刻佛像。

佛教傳入中土，舍利塔也影響到中土建築，石造、磚造、木造的塔陸續出現，加上漢式建築的飛簷，形成高聳又優雅的中國式佛塔，成為風景裡不可少的點綴。

雷峰塔在西湖西郊，黃昏時，映照著一大片血紅的夕陽，一座孤伶伶的瘦長塔影，觸目驚心，成為西湖十景裡有名的「雷峰夕照」。

雷峰塔傳說初建於五代，一直是西湖地標之一。附會上白蛇故事之後，「雷峰夕照」更成為遊客必觀之景。圖為雷峰塔舊貌。1924 年 9 月 25 日此塔傾倒，引起一陣慌亂，杭州人群奔廢墟撿寶，亂成一團。

《白蛇典據》

說故事的人，巧妙的把白蛇的結局安排到雷峰塔，使白蛇的委屈壓抑，透過每一天火一樣的「雷峰夕照」在人們心中燃燒。

民間的《白蛇傳》最後編了〈祭塔〉一段，讓白蛇的兒子祭拜母親，雷峰塔因此倒了。〈祭塔〉這一段，有時唱，有時不唱，民間似乎那麼渴望雷峰塔倒掉，可以救出受委屈的白蛇，但是上千年來，雷峰塔一直存在，並沒有倒。

一九二四年雷峰塔終於倒了，據說是因為民間迷信，相信塔磚可以辟邪求福，於是人人都去偷磚，塔基逐漸鬆垮，終致坍塌。當時重要的作家魯迅為此寫道：雷峰塔終於倒下了！他也認為雷峰塔是封建虛偽禮教的象徵。

幾十年來，少掉了雷峰塔，西湖的風景似乎少了什麼，而白蛇的故事也少了依託，西元二〇〇〇年，雷峰塔重新修建，重新整理地基，發現了地宮，出土了珍貴的文物，如今一座全新的雷峰塔已經又豎立在西湖邊，恢復了「雷峰夕照」的美景，也又讓人懸念起被鎮壓在塔底下的白蛇來了。

為了配合觀光，2000 年雷峰塔重新整建，從地宮裡出土不少珍貴文物。新雷峰塔，造型雄偉，夜燈輝煌，卻似乎缺少了舊塔的那一股拙樸的趣味。（翁榮輝 攝）

神話故事、傳說和童話，由於長期在人們生活中流傳，深深在潛意識中影響人們的思想行為，便成為一種文化原型。

希臘神話透過詩歌、戲劇，創造了數千年來西方文化的原型。例如《伊迪帕斯王》（*Oedipus The King* 或 *Oedipus Rex* ）是希臘古代悲劇，久演不衰，這個故事描述伊迪帕斯被神預言，長大以後會「殺父娶母」，他親生的父母因此拋棄了他。

結果伊迪帕斯被鄰國收養，長大成人，他歷經流浪，最後回到出生地，在不認識的狀態下，殺死了父親，娶了自己的母親為妻。

這個像《白蛇傳》一樣廣泛流傳於西方世界的神話故事，一直到二十世紀初，被心理學家佛洛伊德解讀，認為這個故事中隱藏著「戀母情結」的原型，也就是說，母子之間，有倫理的關係，也存在著潛意識的愛戀，婆婆很少喜歡媳婦，因為存在著情敵的關係，兒子也因為戀母，可能仇恨父親，於是現代心理學就把「戀母情結」稱為「伊迪帕斯情結」（Oedipus

白蛇故事源遠流長，深入民間。今日被改編成各種表現形式：小說、漫畫、動畫、舞台劇、電影、電玩遊戲無所不至。不同的改編，形成多元的活力，《白蛇傳》遂成為「文化創意產業」的重要原型之一了。

〈白蛇典據〉

complex）。

《白蛇傳》也是一種原型——人與獸交的原型，原慾和道德衝突的原型，個人解放與禮教相抗衡的原型。

「原型」可以一讀再讀，可以一演再演，在上千年間流傳不斷，陸續被加入新的元素，原型經得起時間考驗，深入人們潛意識底層。

白蛇，許仙，法海，青蛇，四個角色，構築起《白蛇傳》的原型。七〇年代，雲門舞集的《白蛇傳》改變了青蛇的性格，首次顛覆了原型，之後香港徐克的電影《青蛇》，基本上延續這個顛覆原型的觀點。

八〇年代台灣的小劇場非常蓬勃，政治解嚴前後的社會，渴望解放思想，也特別具有顛覆傳統原型的野心。田啟元的「臨界點劇象錄」將《白蛇傳》改編為《白水》，重新解構四個角色，青蛇愛上了白蛇，法海愛上了許仙，看來荒謬的性別倒錯，正是隱藏在《白蛇傳》原型裡豐富的潛意識雛形。

作為文化原型，《白蛇傳》仍保有旺盛的生命力，它還沒有被定型，它還等待著有創作力的顛覆者，從顛覆《白蛇傳》、解構《白蛇傳》為傳統原型找到新活力。

「臨界點劇象錄」改編白蛇故事為《白水》，顛覆故事內容，解構角色身份，發掘其潛意識雛形，引起極熱烈的討論。圖為該劇劇照。

（臨界點劇象錄 提供）

白蛇雲門

舞者：吳素君（左）、林秀偉　攝影：謝春德

蛇白蛇修煉成人形。舞台一角，用粗藤扭成的蛇窩，象徵性地飛揚糾結成一根一根的線條，好像荒山裡的枯藤，好像洪荒以前，混沌中一點點生命的跡象，於是我們看到了白蛇、青蛇。白蛇慢慢扭動身軀，好像在猶疑：自己是蛇，還是少女？她感覺著身體、腰肢、軀幹、手臂、脖子、腿與腳踝，每一個關節，緩慢的律動，感覺著自己是少女，又還有著像蛇的身軀，像一綹蒼白的月光，在深林幽微處閃動。

〈白蛇雲門〉

舞者：許子雁（左）、陳鴻秋　攝影：劉振祥

白蛇與青蛇，彼此之間有許多顧盼，好像依伴在一起的鳥雀，好像並蒂的花，一白一青。她們的生命，有許多依偎依靠，有許多扶持與眷戀。她們一起通過漫長的歲月，從蛇修煉成了人形，修煉成美麗的女子，相約去人間走一走。

〈白蛇雲門〉

舞者：吳義芳　攝影：謝安

初春的天氣，乍暖，還寒，天空不時飄著細細的雨絲，細雨裡飛著柳絮，空氣裡瀰漫著花的香味。許仙身上揹著一把雨傘，一襲青衫，腰間繫著金黃色的條帶，靜靜走到西湖邊，看湖水波光，看船緩緩在水中行駛，江山如畫，他悠閒自在，彷彿天空的行雲。在雲門舞集的《白蛇傳》裡，許仙是典型的傳統書生。他出場的動作，也有許多來自傳統戲曲的身段。台步的走法，水袖的動作，甚至眉眼之間的顧盼，都來自傳統戲曲小生的肢體元素，卻巧妙地轉換到現代舞的動作之中。

舞者：吳素君（左）、鄭淑姬（後立）、葉台竹　攝影：姚孟嘉

白蛇與青蛇在遊湖中邂逅了許仙。初春季節，百花盛放，兩名剛剛取得女身的蛇，從身體裡萌生愛慾。她們同時愛上了許仙，白蛇張開折扇，青蛇舞動腰肢，她們展現身體裡的原慾，要吸引年輕俊美的男子。天空下起大雨，許仙張開了傘，他不知道，這張傘，牽連著他的愛恨生死。

〈白蛇雲門〉

舞者：吳素君（左）、吳興國、林秀偉　攝影：林柏樑

白蛇的引誘是非常優雅而古典的，她一身素淨，手中舞弄著扇子。扇子半遮半掩，冷若冰霜的美，使許仙望著，好像中了魔咒，無以自拔。青蛇款擺腰肢，用更激烈的女性慾望，勾引著許仙。許仙左顧右盼，忽然陷入了兩難。

男子持傘站立，白蛇飛旋起來，像鋪張在水面上的一朵白荷花。她的裙裾張開，她的身體，她的心靈，她的生命，也像初春繁花，陸陸續續，一朵一朵，在雨中綻放了。

〈白蛇雲門〉

舞者：杜碧桃、葉台竹　攝影：姚孟嘉

傳統戲劇裡，青蛇只是白蛇的奴婢。她沒有自己的主張，她沒有自己的青春，她沒有自己的愛。在雲門舞集的《白蛇傳》裡，青蛇找回了自我。她愛上了許仙，她不再只是忠誠於白蛇的奴婢，她忠誠於自己，她要一次完完整整的屬於她自己的戀愛。

舞者：吳義芳、邱怡文（地上）、王薔媚　攝影：謝安

仙旋轉著傘，看著青

蛇。他也許註定了扮演矛盾的角色：生命裡這多麼美

好的事物，生命裡這麼多選擇，如何專心一意？

〈白蛇雲門〉

135

舞者：陳偉誠、李靜君（中）、許子雁　攝影：劉振祥

停了，或許
不是雨停了，是一場激情的愛慾
爭鬥結束了。白蛇舞扇前行，許
仙旋轉著傘跟隨。白蛇勝利了。
青蛇頹苦地倒臥地上，她在失去
的痛苦裡煎熬。忌妒、仇恨，噬
咬著身體的每一個部位。她像被
活活剝去了皮的蛇，全部的肌肉
都在糾結顫抖。

〈白蛇雲門〉

蛇與許仙，一段美麗的雙人舞。他們飛躍在空中，戀愛的喜悅，飛揚的青春，充實而飽滿的獲得擁有。他們像兩隻燕子，彼此追逐逗引，若即若離。

舞者：葉台竹、鄭淑姬　攝影：王信

白蛇苦苦修行了五百年。

她的身體裡，記憶著荒涼孤獨的山野，枯葉和夜梟的聲音，寒冷的冬天，泉水凝結以後無聲的寂寞。五百年過去了，她修成美麗女子，她要去人間看一看繁華，她嫵媚一笑，一回頭，看到一樹繁花，看到一名男子微笑著。剎那間，白蛇好像遺忘了青蛇，遺忘了與她一起修行的伴侶。她陶醉在初次的愛戀中，沒有心思顧及他人。

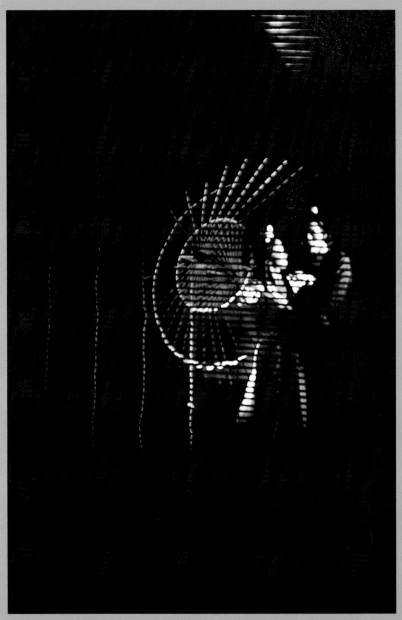

舞者：崔雯玲、陳偉誠　攝影：呂承祚

仙沉溺於愛戀之中，白蛇合起折扇，插在許仙腰際的繫帶中；象徵著結合，象徵著定情，象徵著性。許仙高舉白蛇，走入舞台後方的幽黯中，一張密密的竹簾，緩緩降下，隔成了室內與室外兩個空間。雲門舞集的舞台設計手法，其實是傳統中國劇場的象徵手法的延伸。

〈白蛇雲門〉

舞者：許嘉卿（前）、楊孝萱、蔡銘元　攝影：劉振祥

簾內的世界，許仙與白蛇瘋狂交媾，貪享著生命裡肉體最深的歡悦。許仙躺臥在地上，雙手雙腳，把白蛇舉起撐開。簾外的青蛇，孤獨而痛苦地扭動，編舞者使用了典型瑪莎‧葛蘭姆的腹部地板動作，用來表現青蛇生發自肉體原慾的扭曲悸動。她被忌恨之火燃燒，她要撕裂自己，毀滅自己。

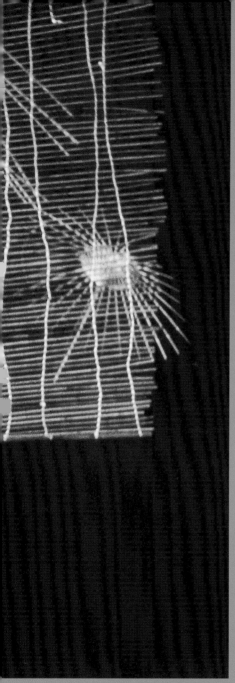

舞者：鄭淑姬（前）、吳素君（中）、葉台竹　攝影：郭英聲

舞台上沒有太繁複的佈景道具，簾子其實是用藤條編出來的，在大舞台上，打上燈光，看起來才有竹簾細密的效果。一張單純的簾子，分開了不同的空間，也分開了不同的心情世界。簾子裡面是得到的快樂，是肉體的歡愉，情慾的滿足，愛的完成與耽溺；簾子外面是致死的孤獨與寂寞，是一個人吞食淚水的辛酸，是生命在絕望時的巨大嚎叫。

〈白蛇雲門〉

147

舞者：宋超群（後）、吳義芳　攝影：謝安

在傳統戲曲中，白蛇在端午節喝下雄黃酒，現了蛇的原形，嚇死許仙。在雲門舞集的《白蛇傳》當中，竹簾內的愛慾貪歡結束，許仙彷彿被驚嚇，從簾內倉皇逃出，拉斷竹簾，倒地昏厥，不醒人事。這時，法海出場，救護許仙。他手持巨大禪杖，要人間一切納入他制定的法律道德秩序，不許越軌、放肆、背叛，他要統治所有人的精神。法海為什麼要救護許仙？他的紅色袈裟是一道正義道德的屏障嗎？他認為白蛇是妖，不可以與許仙結為夫妻，他要維持正義秩序，剿滅白蛇，剿滅一切妖魔。但是，為什麼看《白蛇傳》的人都不喜歡法海？我們內心潛藏著對一切不盡人情的道德教條的厭恨嗎？

舞者：劉紹爐（左）、葉台竹（中）、吳素君　攝影：謝安

蛇覺得自己鬥不過法海，跪地求饒，乞求法海放回許仙，讓他們過平靜的夫妻生活。法海無動於衷，許仙像被道德禁梏的囚犯，不能自主，他對白蛇情義未斷，但受法海操控，身不由己，情義、道德、愛與悔恨，糾纏矛盾。

〈白蛇雲門〉

舞者：楊孝萱　攝影：劉振祥

乞求不成，白蛇發動攻擊，在傳統戲劇裡是〈水漫金山〉，白蛇發動水卒進攻金山寺。她披散著頭髮，步履蹣跚但意志堅定，一心一意要奪回許仙。她彷彿透露出最原始的女性本質，暴烈頑強；又像孩子被擄掠走了的母性動物，瘋狂地攻擊敵人。在雲門的《白蛇傳》中，白蛇獨自鬥法海，有許多翻躍、騰跳的大動作，現代舞和傳統戲劇動作有了完美結合。

〈白蛇雲門〉

舞者：邱怡文　攝影：劉振祥

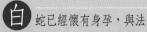蛇已經懷有身孕，與法海相鬥，不多久就落敗下來。青蛇原來站得遠遠的，冷眼旁觀，她心裡還有忌恨，白蛇曾經是她的情敵，看到情敵受苦，她似乎有些幸災樂禍，也覺得與自己無關，不想介入與法海的爭鬥。

舞者：陳秋吟（左）、周章佞　攝影：劉振祥

白蛇的虛弱、白蛇的搖搖欲墜，眼看要被法海整死，青蛇觸景傷情。她好像忽然看到了自己的受苦，為情愛煎熬，痛不欲生；她看到自己與白蛇同病相憐的部分，剎那間轉換了心中的忌恨，她上前摟住白蛇，無限憐憫疼惜。

舞者：杜碧桃　攝影：王信

蛇是這場生死交戰新加入的生力軍，她跳躍在空中，雙腳劈叉，雙手飛張。看到同類受到欺負，她也現出獸的本能，向敵人撲張而來。

舞者：陳鴻秋（左一）、許子雁（左二）、余金文（右後）、陳偉誠（右前）　攝影：劉振祥

白蛇認為敵人只是法海，青蛇卻不原諒許仙，她覺得許仙忘恩負義，招來法海，死有餘辜。青蛇要致許仙於死地時，白蛇趕來衛護，阻止青蛇加害許仙，白蛇的愛純粹而沒有一點記恨。法海如果是人間不可少的道德法律，白蛇卻是更偉大的愛吧。舞台上四個角色，各自代表了不同的象徵意義。

〈白蛇雲門〉

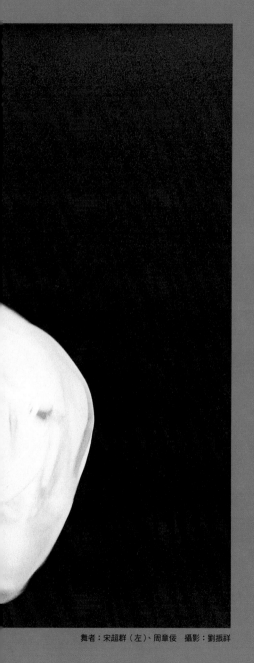

禪杖原來在法海手中只是身分的象徵，武打起來，禪杖發揮了百分之百的道具功能，粗藤製作的禪杖，彈性極好。白蛇被禪杖擊打，抓住禪杖尾端，連續旋轉翻騰，做出許多優美的動作，彷彿法海的魔咒，一波一波襲來。白蛇把持不住，被禪杖甩開。

舞者：宋超群（左）、陳秋吟　攝影：劉振祥

蛇趕來相救，她全力抓住禪杖，做出許多高難度的武術動作，融在現代舞蹈中，驚心動魄。三兩個人的組合，卻達到「水漫金山」千軍萬馬的效果。

舞者：鄭淑姬、劉紹爐　攝影：郭英聲

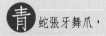蛇張牙舞爪，拼出全力，與法海相鬥，一身青綠，閃亮著蛇的野性、毒性，配合著法海飛揚起來的紅色袈裟、金黃的袍袖，形成極鮮明的色彩對比，好像也反映著生死搏鬥的如火如荼。

舞者：邱怡文、周章佞　攝影：鄧玉麟

白蛇青蛇終於落敗，白蛇被懲罰，鎮壓在雷峰塔下。舞台上利用了散亂的竹簾，緩緩把白蛇捲入，形成非常具有象徵性的一座高塔。憂傷的白蛇拘禁其中，青蛇在塔外徘徊迴繞，不忍離去，法海逼使他心目中的妖魔伏法，卻也使上千年來看《白蛇傳》的人，痛恨法海的霸道無情，反而同情起白蛇的委屈受苦。

〈白蛇雲門〉

雲門舞集簡介

「黃帝時,大容作雲門,大卷……」——《呂氏春秋》

　　根據古籍,「雲門」是中國最古老的舞蹈,相傳存在於五千年前的黃帝時代,舞容舞步均已失傳,只留下這個美麗的舞名。

　　一九七三年春天,林懷民以「雲門」作為舞團的名稱。這是台灣第一個職業舞團,也是所有華語社會的第一個當代舞團。

　　三十一年來,雲門的舞台上呈現了一百五十多齣舞作,累積的舞碼豐富精良,涵蓋古典文學、民間故事、台灣歷史、社會現象的衍化發揮,乃至前衛觀念的嘗試;多齣舞作因深受歡迎,一再搬演,而成為台灣社會兩三代人的共同記憶。

　　從台北的國家戲劇院,各縣市文化中心、體育館,到小鄉鎮的學校禮堂,雲門在台灣定期與觀眾見面。近年來,每年輪流在各城市舉行戶外演出,平均每場觀眾高達六萬,演出結束後,會場沒有留下任何垃圾紙片,建立了美好的廣場文化。

　　雲門也經常應邀赴海外演出,是國際重要藝術節的常客。三十一年間,舞團在台灣及歐、美、亞、澳各洲兩百多個舞台上,呈現了一千多場公演,以獨特的創意、精湛的舞技,獲得各地觀眾與舞評家的熱烈讚賞:

　　《中時晚報》:「當代台灣最重要的活文化財。」
　　倫敦《泰晤士報》:「亞洲第一當代舞團。」
　　法蘭克福《匯報》:「世界一流現代舞團。」
　　雪梨《晨鋒》:「雲門是奧林匹克藝術節的最佳節目。」

　　雲門舞者大多為國內舞蹈科系畢業生,他們的訓練包括現代舞、芭蕾、京劇動作、太極導引、靜坐與拳術。

　　林懷民與雲門的故事,已由楊孟瑜撰寫成《飆舞》一書,由天下文

化公司出版；張照堂監製的《踊舞‧踏歌 雲門三十》紀錄片 DVD，也已由公共電視製作發行。多齣雲門作品拍攝為舞蹈影片問世，其中在荷蘭攝製的《流浪者之歌》，在法國攝製的《水月》，在德國拍攝的《竹夢》，為多國電視台播放，DVD 發行全球。由雲門製作，金革發行的《雲門‧傳奇》舞作套裝 DVD，也已於去年十二月正式發行。

一九九八年，雲門創立雲門舞集舞蹈教室，以多年專業經驗創造「生活律動」的教材，讓四歲到八十四歲的學員，透過啟發性的教學，認識自己的身體，創造自己的生命律動。

一九九九年五月，雲門在創立二十六年後成立子團「雲門舞集 2」，深入台灣各地校園和社區，為更多的觀眾演出。舞團的年度公演《春鬥》，以演出台灣年輕編舞家的作品為主。二〇〇〇年啟動的藝術駐校活動，獲得大專院校學生熱烈好評，已有近一千兩百位學生選修。二〇〇三年首度製作親子舞蹈劇場《波波歷險記》，寫下十八場巡演紀錄。

二〇〇三年，台北市政府將雲門三十週年特別公演的首演日——八月二十一日，訂定為「雲門日」，並將雲門辦公室所在地的復興北路二三一巷定為「雲門巷」，代表市民「肯定並感謝雲門舞集三十年來為台北帶來的感動與榮耀。」

同年十二月，《紐約時報》回顧二〇〇三年的藝文活動，並選出年度最佳舞作，該報首席舞評家安娜‧吉辛珂芙將雲門的《水月》列為第一。她說：「台灣雲門舞集藝術總監暨編舞家林懷民做到今天藝術家罕能達到的成就：以獨創一格的作品挑戰觀眾。」

二〇〇三年《行草 貳》為澳洲墨爾本藝術節作揭幕首演，榮獲「時代評論獎」及「觀眾票選最佳節目」。今年四月，再獲頒「二〇〇四年台新表演藝術獎」，贏得海內外觀眾一致的肯定。

雲門舞集最廣為人知的劇照之一《薪傳‧渡海》
舞者：（左起）李源盛、黃志文、汪志浩、王維銘、林俊宏、宋超群、吳義芳、曹桂興　攝影：劉振祥

特別感謝

本書承蒙下列單位、劇團、人士大力協助，乃得以順利完成，特此致謝：
王秋桂先生、王婉婷小姐、王樹村先生、汪逸芳小姐、邱慧齡小姐、杜銘章先生、吳興文先生、洪燕小姐、翁榮輝先生、陳宜君小姐、陳南耀先生、葉益青小姐、康鍩錫先生、楊永智先生、薛惠玲小姐、天映娛樂有限公司、國家電影資料館、得利影視、思遠影業公司、徐克電影工作室、飛躍數位科技公司、臨界點劇象錄、明華園戲劇團、當代傳奇劇場、時報文化出版公司、香港天地圖書公司。

參考書目

◎《雷峰塔傳奇》，台北：天一出版社，1989年。
◎《警世通言》，收入『古本小說叢刊』第三二輯，北京：中華書局，1991年。
◎《義妖白蛇全傳》，瀋陽：遼瀋書社，1989年。
◎張岱，《西湖夢尋》，台北：金楓出版公司，1987年。
◎傅惜華編，《白蛇傳集》，上海：上海古籍出版社，1987年。
◎趙景深等著，《白蛇傳研究資料》，台北：天一出版社，1991年。
◎王秋桂著，《中國民間傳說論集》，台北：聯經出版事業公司，1989年。

舞動《白蛇傳》/ 蔣勳作, --初版, --臺北
　市；遠流, --2004〔民93〕
　　　面；　公分, --（看雲門讀經典）
　ISBN 957-32-5316-X（平裝）

857.44　　　　　　　　　　　93016159

綠蠹魚叢書 YLG02
看雲門讀經典 1
舞動白蛇傳

作者──蔣勳
策劃──綠蠹魚編選小組
主編──林皎宏
美術設計──唐亞陽工作室
責任編輯──陳佩真
圖片翻拍──陳輝明
協力製作──財團法人雲門舞集文教基金會

發行人──王榮文
出版發行──遠流出版事業股份有限公司
地址──台北市 100 南昌路二段 81 號 6 樓
電話──（02）2392-6899　傳真（02）2393-6658　郵撥 0189456-1
香港發行──遠流（香港）出版公司
地址──香港北角英皇道 310 號雲華大廈四樓 505 室
電話──（852）25089048　傳真──（852）25033258

著作權顧問──蕭雄淋 律師
法律顧問──王秀哲 律師・董安丹 律師
製版印刷──中原造像股份有限公司
2004 年 10 月 1 日初版一刷
行政院新聞局局版臺業字第 1295 號
售價──新台幣 220 元（缺頁或破損的書，請寄回更換）
版權所有・翻印必究
Printed in Taiwan
ISBN 957-32-5316-X

YL*ib* 遠流博識網
http: // www.ylib.com　E-mail: ylib@ylib.com